दरीचे में चाँद

'अज़हर' इनायती

दरीचे में चाँद

'अज़हर' इनायती

शायरी

संपादन

मनोज मित्तल 'कैफ़'

नीरज गोस्वामी

Anybook

पहला संस्करण : जनवरी 2020

ISBN : 978-93-86619-45-7

प्रकाशन Anybook
G - 248, 2nd Floor Sector - 63
Noida - 201301
Cell : 9971698930
E-mail contactanybook@gmailcom
Website wwwanybookorg

दरीचे में चाँद : 'अज़हर' इनायती

Dareechey Mein Chaand : Poetry Collection by Azhar Inayati

आवरण चित्र : मोरपंख आर्ट्स
पुस्तक सज्जा : Anybook

पता :
अज़हर इनायती
33, मदरसा कोहना महल शाह बीबी,
रामपुर, उत्तर प्रदेश - 244901
संपर्क : 9412541108

समर्पण

मेरी ग़ज़ल सूफ़िया

के नाम

पेश लफ़्ज़

किसी भी पुस्तक को प्रकाशित करना एक महत्वपूर्ण निर्णय होता है। प्रस्तुत पुस्तक भी इसका अपवाद नहीं है। 'अज़हर' इनायती उर्दू शायरी का एक जाना पहचाना नाम है जिनकी ग़ज़लों से प्राय: लोग परिचित हैं।

जाने माने ब्लॉगर श्री नीरज गोस्वामी ने जब उनके क़लाम के बारे में अपने हिंदी ब्लॉग में लिखा तो उर्दू लिपि से अपरिचित या कहें कि हिंदी भाषी अनेक काव्य रसिकों ने नागरी में उनका क़लाम उपलब्ध नहीं होने की शिकायत की। रामपुर रज़ा लाइब्रेरी, रामपुर ने यद्यपि उनकी ग़ज़लों पर एक पुस्तक "अज़हर' इनायती और ग़ज़ल " सं 2006 में नागरी में छापी थी किन्तु आम पाठक के लिए ये बाजार में उपलब्ध नहीं है और तो और बहुत से पाठकों को तो इसका इल्म भी नहीं है, अस्तु

भारत की आज़ादी के बाद पूरा देश एक नशे के आलम में था। एक नया देश बनाने का जोश शबाब पर था और वाकई ऐसा हुआ भी। प्रगति हुई, देश का आर्थिक स्वरुप बदला, कल कारख़ाने लगे। ज़ाहिर है इस सारे बदलाव का असर समाज पर भी हुआ तथा साहित्य ने कंधे से कन्धा मिला कर इसकी पैरवी की। जब नयी व्यवस्था बनाने का जोश कुछ थमा और होश वापस आया तो शायर ने एक बार पीछे मुड़ कर देखा और नये नज़ारे से उसकी तुलना करके हतप्रभ रह गया। तरक़्क़ी की इस राह पर बढ़ने की धुन में कई जीवन मूल्य परम्पराएं कहीं बिछुड़ चुकी थीं।

"कई तिफ़्ल मेले में गुम हो गए"

ये वो आधार थे जो भारतीय समाज की आधारशिला भी थे और उसके महल की खूबसूरत आराइश भी। यहीं से 'अज़हर' इनायती की शायरी उभरती है। उन्होंने इन क़द्रों और रिवायतों के नुक़्सान को

शिद्दत से महसूस किया और कलाम का हिस्सा बनाया, बल्कि ये कहें कि इस नुक़्सान को उन्होंने ज़ाती तौर पर इस शिद्दत से महसूस किया कि उनका कलाम बेसाख़्ता इसका निरूपण करने लगा, लेकिन आम शायर के विपरीत उन्होंने इस दर्द पर न तो आँसू बहाय न नए निज़ाम को गाली दी बल्कि बिना आडम्बर के बात कहते चले गए। वो यदि ये सब करते तो उनका कलाम शायद वो असर खो देता जो उसमें अब है। उनकी शायरी का एक महत्वपूर्ण पहलू उनकी भाषा है। सरल, चाशनी में डूबी सी और बनावट से कोसों परे उनकी भाषा सभी को ख़ुद से जोड़ लेती है। ये शायद उनके स्वभाव की ही देन है जो ख़ुद उनकी भाषा और सम्बोधनों में ढल गया है।

'अज़हर' साहब के कलाम पर उर्दू दुनिया के अनेक शायरों ने, नक़्क़ादों और अदीबों ने लिखा और कहा है जिनमें से कुछ के उद्धरण इस पुस्तक का हिस्सा हैं लेकिन पाठक के लिए इन सब से महत्वपूर्ण शायरी होती है और यक़ीनन इस बिन्दु पर 'अज़हर' साहब कामयाब हैं।

इस किताब के सम्पादन में सबसे बड़ा योगदान श्री नीरज गोस्वामी का रहा है। उन्हीं के प्रयत्नों से इसे रूप देना और प्रकाशन संभव हुआ है।

अब पुस्तक को पढ़ने और प्रतिक्रिया देने की जिम्मेदारी पाठकों की है।

मनोज कुमार मित्तल 'कैफ़'

जयपुर

मो : 9887099295

तआरुफ़

घर तो हमारा शोलों के नरग़े में आ गया
लेकिन तमाम शहर उजाले में आ गया

यह भी रहा है कूचा-ए-जानाँ में अपना रंग
आहट हुई तो चाँद दरीचे में आ गया

कुछ देर तक तो उससे मेरी गुफ़्तगू रही
फिर ये हुआ कि वो मेरे लहजे में आ गया

"आहट हुई तो चाँद दरीचे में आ गया " जैसा शायरी का ये बेपनाह हुस्न बरसों ग़ज़ल के पाँव दबाने और उस्तादों की जूतियाँ उठाने के बाद भी किसी किसी को ही मयस्सर होता है। उर्दू शायरी को परवान चढ़ाने में दिल्ली और लखनऊ के बाद रामपुर का नाम आता है। दरअसल दिल्ली और लखनऊ से उजड़े शायर रामपुर में आ बसे और उन्होंने दिल्ली वालों के दिल और लखनऊ वालों की शराब में डूबी ग़ज़ल को मर्दाना लहजे और बाँकपन से परिचय करवाया। ये भी बताता चलूँ कि अज़हर साहब का शिजरा अमीर मीनाई से मिलता है।

हम तो पैरों में समझते थे मगर
आपके ज़ेहन में काँटे निकले

लोग संजीदा समझते थे जिन्हें
वो भी बच्चों के खिलौने निकले

अज़हर साहब के बारे में जानकारी मुझे सबसे पहले दिल्ली के मेरे मित्र और शायरी के सच्चे दीवाने जनाब प्रमोद कुमार जी से मिली। उनके कहे को मैं कभी हलके में नहीं लेता इसलिए अज़हर साहब को जब मैंने इंटरनेट पे खोजा, पढ़ा और सुना तो लगा कि मैं कितना बदनसीब था जो अब तक इनसे दूर रहा। उनकी ग़ज़लों की किताबों की तलाश शुरूअ की तो हाथ कुछ लगा ही नहीं क्यूंकि मेरी जहाँ तक जानकारी है, हिंदी में उनका कलाम शायद अभी तक शाया नहीं हुआ है। अगर हुआ भी है तो मुझे उसका पता नहीं चल पाया है।

ख़बर इक घर के जलने की है लेकिन
बचा बस्ती में घर कोई नहीं है

कहीं जायें किसी भी वक़्त आयें
बड़ों का दिल में डर कोई नहीं है

डॉ. बृजेन्द्र अवस्थी साहब लिखते हैं कि "अज़हर ज़िन्दगी को बहुत क़रीब से देखते हैं और उसकी अदाओं और समस्याओं को अपनी ग़ज़ल के दिल में बहुत सरल और अनूठी भाषा के माध्यम से उतार देते हैं। वह सच्चे शायर हैं इसलिए उनकी शायरी दिलो -दिमाग़ पर गहरा असर डालती है और उनके शेरों की छाप देर तक बनी रहती है. उन्होंने अपने अंदाज़ और फूलों जैसे कोमल लहजे से ग़ज़ल को एक नयी दिशा दी है। मशहूर शायर जनाब अहमद नदीम कासमी साहब लिखते हैं कि "अज़हर इनायती की ग़ज़ल सहरा में नख़्लिस्तान की हैसियत रखती है , उनका लहजा सरासर जदीद और नया है लेकिन वो अपनी रौशन रिवायत और धरती से पूरी तरह जुड़े हैं।

इस रास्ते में जब कोई साया न पायेगा
ये आख़िरी दरख़्त बहुत याद आयेगा

तारीफ़ कर रहा है अभी तक जो आदमी
उठ्ठा तो मेरे ऐब हज़ारों गिनायेगा

अज़हर इनायती साहब की शायरी समझने के लिए हमें सबसे पहले उन्हें समझना होगा। जिसतरह वो निहायत सलीक़ेदार और बेहद उम्दा कपड़े पहनते हैं ठीक वैसी ही वो शायरी भी करते हैं। अपने बारे में उन्होंने लिखा है कि " मैं ग़ज़ल को टूट कर चाहता हूँ लेकिन अपने अहद, अपनी नस्ल और अपनी ज़िन्दगी की सच्चाइयों को सादा ज़बान और पुर-तासीर लहजे में ढाल कर सच्ची ग़ज़ल की पैकर-तराशी की कोशिश करता हूँ। ज़िन्दगी की वादियों में माज़ी के दिलचस्प और यादगार मनाज़िर को हैरत और हसरत से मुड़ कर देखता ज़रूर हूँ लेकिन रुकने के लिए नहीं उफ़क़ के उस पार रौशनियों की तरफ़ बढ़ने के लिए।"

क्या जाने उनपे कितने गुज़रना हैं हादसे
शाख़ों पे खिल रहे हैं जो ग़ुंचे नये-नये

उन आँसुओं को देख के ग़म भी तड़प उठा
दामन की आरज़ू में जो पलकों पे रह गये

मेरी नज़र में आज उर्दू के बहुत बड़े स्कॉलर जनाब गोपी चंद नारंग साहब के उनके वास्ते लिखे लफ्ज़ बहुत मानी रखते हैं , वो लिखते हैं कि "अज़हर इनायती अपनी आवाज़, अपनी अदा और अपनी तर्जीहात रखते हैं। हर चंद कि इस ज़माने में जब फ़िज़ा में हर तरह ज़हर है, तहज़ीबी एहसास को आवाज़ देना बक़ौल किसी के "काग़ज़

के सिपाही काट कर लश्कर बनाना" है, ताहम शायर को हक़ बात कहना और आवाज़ दिए जाना है। बिलाशुबा अज़हर इनायती बहैसियत एक मुनफ़रिद अदाशनास शायर के हम सबकी तवज्जो और मुहब्बत का हक़ रखते हैं।"

लहू जो बह गया वो भी सजा के रखना था
जो तेग़ो-तीर अजायबघरों में रक्खे हैं

हमें उड़ान में क्या हो रुतों का अंदेशा
ज़माने भर के तो मौसम परों में रक्खे हैं

हमें जुनून नहीं बाहरी उजालों का
हमारे चाँद हमारे घरों में रक्खे हैं

अमेरिका, क़तर, दुबई, अबू-धाबी, शारजाह, मस्क़त, पाकिस्तान आदि देशों में एक बार नहीं अनेकों बार अपनी शायरी से सुनने वालों के दिल में राज करने वाले अज़हर साहब की चलते चलते एक नाज़ुक सी ग़ज़ल चंद शेर आपके हवाले कर निकलता हूँ :

गुड़ियाँ जवान क्या हुई मेरे पड़ोस की
आँचल में जुगनुओं को छुपाता नहीं कोई

देखा है जबसे ख़ुद को मुझे देखते हुए
आईना सामने से हटाता नहीं कोई

नीरज गोस्वामी
जयपुर
मो : 9860211911

अज़हर साहब के बारे में कुछ ख़ास अदबी शख़्सियात की राय

अज़हर इनायती ज़िन्दगी और उसके ज़िन्दा मसाइल का शऊर रखते हैं। और अपने मुनफ़रिद और दिल को छू लेने वाले लहजे में ऐसी गहरी बातें कहते है जिन से ज़हन-ओ-दिल दोनो मुतास्सिर होते हैं।

- डॉ. निसार अहमद फ़ारूक़ी

अज़हर इनायती के यहाँ मवाद में ज़िन्दगी की बेपायाँ हरारत है, उनके उस्लूब में जो ताज़गी और जिद्दत है, उनकी फ़िक्र में जो गहराई व गीराई और आलमकारी है वो उनकी इम्तियाज़ी ख़ुसूसियत है वो जब भी कमाने-फ़िक्र में तीर रखते हैं तो अपना निशाना भीआलमगीर रखते हैं

- प्रो. शेहज़ाद अंजुम

अज़हर इनायती के जज़्बात और अहसासात इरतेक़ाई सूरत में बलन्द होते हैं, उन के कलाम को बग़ौर पढ़ा जाये तो इनमें इरतेक़ा की चाप और नये मौसमों की आहटें सुनाई देती हैं।

- अहसान दानिश

अज़हर इनायती की ग़ज़ल की हैसियत सेहरा में निख़्लस्तान की तरह है। वह सरासर जदीद ग़ज़ल गो हैं।

- अहमद नदीम क़ासमी

अज़हर इनायती की ग़ज़ल का अगर बग़ौर मुतालेआ किया जाये तो उनकी फ़िक्र की उंगलियाँ ज़िन्दगी के वसी कैन्वस पर हरकत करती महसूस होंगी।

- डॉ. ज़फ़र अहमद सिद्दीक़ी

मजमूई तौर पर अज़हर इनायती की ग़ज़ल ज़िन्दगी के साथ एक तवील और मोहब्बत आमेज़ मुआनेक़ा है। इस अमल में ग़ज़ल के सीने की तमाम गर्मी अज़हर के दिल में उतर जाती है।

- डॉ. अनवर सदीद

अज़हर इनायती ने ज़िन्दगी को डूबकर देखा है और अपने हाथों बरता है। इसी लिये उनके तजुर्बात ताज़ा और तख़य्युल नादराकार हैं।

- डॉ. मुज़फ़्फ़र हनफ़ी

अज़हर की ग़ज़ल का उस्लूब बिल्कुल मुनफ़रिद है। अशआर में बड़ी तवानाई है और सब से बढ़ कर यह कि उन्होंने क्लासिकी रिवायत से अपना रिश्ता तोड़ कर खुद को जदीद नहीं बनाया है, बल्कि उनके पाँव अपनी ज़मीन पर हैं।

- डॉ. हनीफ़ नक़वी

अज़हर की ग़ज़ल में लहजे की ताज़गी के साथ जो तहदारी और फ़िक्र गहराई है वह उनकी इन्फ़िरादियत की वाज़ेह अलामत है।

- प्रोफ़ेसर आफ़ताब शम्सी

फ़ेहरिस्त
ग़ज़लें

ग़ज़लें

⊙

ग़ज़ल के दिलरुबा लहजे में बोलूँ
वो आ जाये तो मैं फूलों में तोलूँ

बदल जाते हैं मंज़र एक पल में
अभी मैं बन्द आँखों को न खोलूँ

तेरी आँखें नहीं क्या मेरी आँखें?
तेरी आँखों से मैं कुछ देर सो लूँ

जिसे खोया है मैंने क़हक़हों में
वो मिल जाये तो मैं जी भर के रो लूँ

ग़ुबार-आलूद[1] आईने के दिल में
उतर जाऊँ ओर अपना अक्स धो लूँ

मज़ा देने लगे जब "ख़ुद कलामी[2]"
तो फिर काहे को मैं तुझ मुझ से बोलूँ

सुकूँ देने लगा माहौल घर का
दरीचों को मैं अब 'अज़हर' न खोलूँ

1. धूल में अटा हुआ आईना
2. अपने आप से बातें करना

०

मयस्सर हो जो लम्हा देखने को
किताबों में है क्या क्या देखने को

हज़ारों क़द्दे-आदम आईने हैं
मगर तरसोगे चेहरा देखने को!

अभी हैं कुछ पुरानी यादगारें
तुम आना शहर मेरा देखने को

फिर उसके बाद था ख़ामोश पानी
कि लोग आये थे दरिया देखने को

मैं अब दीवारो-दर! ख़ुद रह गया हूँ
अजायब-घर अकेला देखने को

हवा से ही सही खुलता था अकसर
मुझे भी इक दरीचा[1] देखने को

अभी कुछ फूल हैं शाख़ों पे 'अज़हर'!
मुझे काँटों में उलझा देखने को

1. खिड़की

०

ख़तरा-ए-जाँ से बचा देता हूँ
पन्छियों को मैं उड़ा देता हूँ

मेरी आवाज़ पे रुकने वालो!
जाओ, मैं ख़ुद को सदा देता हूँ

लोग बाज़ार में ले आते हैं
मैं जो तस्वीर बना देता हूँ

इतने देखे हैं सुनहरे सपने
सबको ताबीर बता देता हूँ

मैं कि झोंका हूँ नये मौसम का
ज़र्द पत्तों को गिरा देता हूँ

सर्द रातों में जिगर-पारों[1] को
धूप के क़िस्से सुना देता हूँ

कुछ मिज़ाज उसका भी जज़्बाती है
मैं भी कुछ बात बढ़ा देता हूँ

1. दिल के टुकड़ों यानी बच्चों को

●

चलते चलते साल कितने हो गये
पेड़ भी रस्ते के बूढ़े हो गये

उंगलियाँ मज़बूत हाथों से छुटीं
भीड़ में बच्चे अकेले हो गये

हादसा कल आइने पर क्या हुआ
रेज़ा-रेज़ा अक्स मेरे हो गये

ढूँढिये तो धूप में मिलते नहीं
मुजरिमों की तरह साये हो गये

मेरी ख़ामोशी पे थे जो ताना-ज़न
शोर में अपने ही बहरे हो गये

चाँद को मैं छू नहीं पाया मगर
ख़्वाब सब मेरे सुनहरे हो गये

मेरी गुमनामी से "अज़हर" जब मिले
शोहरतों के हाथ मैले हो गये

मैं आइने की तरह बज़्मे-ख़ुद-निगर[1] में था
हर एक शख़्स का चेहरा मेरी नज़र में था

तमाम शहर में किस तरह चाँदनी फैली
कि माहताब तो कल रात मेरे घर में था

मुझे किसी से बिछड़ने का यूँ मलाल नहीं
मेरा सफ़र ही सराबों की रहगुज़र में था

किसी भी दिन की थकन रात से न दूर हुई
मैं जब भी सो के उठा दर्द मेरे सर में था

वो फ़ासला जो है गुमनामियों से शोहरत तक
शऊरे-ज़ात[2] से पहले कहाँ नज़र में था

मुझे भी तंग लगा वुसअते-निगाह[3] के बाद
वो इक कुशादा सा आँगन जो मेरे घर में था

1. स्वाभिमानी महबूब की महफ़िल
2. अपने आप की पहचान
3. नज़र का विस्तार

◉

ख़ाली उज़्हन हूँ यादों को सदा दी जाये
रास्ता साफ़ है कुछ गर्द उड़ा दी जाये

आज का दिन भी दरो-बाम[1] को तकते गुज़रा
आज की रात भी आँखों में गँवा दी जाये

अभी महफ़िल में नज़र आते हैं नादिम चेहरे
लौ चिराग़ों की ज़रा और घटा दी जाये

वही दरवाज़ा, वही घर, वही मैं हूँ लेकिन
कौन रहता है यहाँ किसी को सदा दी जाये?

रात के साथ हुआ ख़त्म सितारों का सफ़र
अपने अश्कों की भी अब शमअ बुझा दी जाये

क्या अजब शख़्स था जिसने मुझे ये ज़हन दिया
याद रखने की हर इक बात भुला दी जाये

1. दरवाज़ा और छत

•

जो तेरी आँख कभी अपने ग़म में तर देखूँ
"बक़ौले-दर्द" मैं सौ-सौ तरह से मर देखूँ"

वो आदमी है तो चाहूँ तमाम उम्र उसे
अगर है ख़्वाब तो मैं ख़्वाब उम्र भर देखूँ

अब उसको बाम पे देखे से जी नही भरता
अब अपना चाँद ज़मीं पर उतार कर देखूँ

कभी तो टूटे फ़ुसूँ बे-चराग़ रातों का
कभी तो दिन के उजाले में अपना घर देखूँ

अभी फ़िज़ा में है इक कशमकश ज़मीं जैसी
उड़ान ख़त्म कहीं हो तो अपने पर देखूँ

पड़ोस में बड़ा हमदर्दियों का चर्चा है
अन्धेरी रात में इक चीख़ मार कर देखूँ

इसी जुनून ने शायर बना दिया "अज़हर"!
कि अपना शेर किसी की ज़ुबान पर देखूँ

⭘

इस रास्ते में जब कोई साया न पायेगा
ये 'आख़िरी दरख़्त' बहुत याद आयेगा

बिछड़े हुओं की याद तो आयेगी जीते जी
मौसम रिफ़ाक़तों का पलट कर न आयेगा

तख़्लीक़ और शिकस्त का देखेंगे लोग, फ़न
दरिया हुबाब सतह पे जब तक बनायेगा

हर हर क़दम पे आइनाबरदार[1] है नज़र
बे-चेहरगी को कोई कहाँ तक छुपायेगा

मेरी सदा का क़द है फ़ज़ा से भी कुछ बुलन्द
ज़ालिम फ़सीले-शहर कहाँ तक उठायेगा

तारीफ़ कर रहा है अभी तक जो आदमी
उट्ठा तो मेरे ऐब हज़ारों गिनायेगा

1. आईना उठाने वाला।

मेरे घर रात की रानी नहीं है
महक लेकिन ये अन्जानी नहीं है

बहुत दुश्वार है चेहरों का पढ़ना
कि ये औराक़-गरदानी[1] नहीं है

मैं ख़ुद दुश्मन हूँ अपनी ज़िन्दगी का
नहीं, वो दुश्मने-जानी नहीं है

शिकस्ते-ख़्वाब[2] की परछाइयाँ हैं
मेरी आँखों में वीरानी नहीं है

बहुत आराम से है ना-ख़ुदाई
किसी दरिया में तुग़यानी नहीं है

अभी ख़ामोश है मेरा मुख़ातिब
अभी आवाज़ पहचानी नहीं है

अब अफ़सानों की दुनिया में भी "अज़हर"!
कोई किरदार रूमानी नहीं है

1. पन्नों को पढना
2. स्वप्न टूटना

०

कब तआरुफ़ हुआ था क्या जाने?
ज़ेहन में हो तो आइना जाने

मैं नहीं हूँ वो बर्गे-आवारा
आँधियों को जो रहनुमा जाने

दे उठे लौ समाअतों के चिराग़
क्या था वो शोला-ए-सदा जाने?

कब से तन्हाइयों में रौशन हूँ
अन्जुमन का चिराग़ क्या जाने

मेरे दिल पर तो बोझ था ग़म का
वो मेरे साथ क्यों हंसा जाने?

नींद आने लगी हमें आँखो!
वक़्त कितना गुज़र गया जाने?

मैं हूँ एक तेग़े-बेनियाम[1] "अज़हर"!
यूँ मुख़ातिब मुझे बुरा जाने

1. खुली तलवार

•

फ़ज़ा में ज़मीं के थे मंज़र कई
उड़ानों में शामिल थे बे-पर कई

अरे मेरे बच्चों ये क्या कर दिया ?
खिलौनों में मिट्टी के थे घर कई

तनाबें[1] ख़ुदा जाने कैसे कटीं
निगहबाँ थे ख़ेमे के अन्दर कई

उजाला था मैं इसलिये राह में
अंधेरों के आये समन्दर कई

मेरे ज़ख़्म आये सो आये मगर
लगे बे-सबब उसके पत्थर कई

कभी गुल, कभी हाथ मेहंदी रचे
दिये मैंने ख़ुशबू को पैकर कई

तअक़्क़ुब में लहजे के "अज़हर" मेरे
गवाँ बैठे ख़ुद को सुख़नवर[2] कई

1. ख़ेमे की रस्सियां

2. कवि, शायर

कोई मौसम ऐसा आये
उसको अपने साथ जो लाये

हाल है दिल का जुगनू जैसा
जलता जाये, बुझता जाये

आज भी दिल पर बोझ बहुत है
आज भी शायद नींद न आये

पावँ हैं जिनके वो गिरते हैं
बादे-सबा क्या ठोकर खाये

बीते लम्हे कुछ ऐसे हैं
ख़ुशबू जैसे हाथ न आये

लोगों से तारीफ़ सुनी है
उससे मिल कर देखा जाये

⊙

घर का रस्ता जो भूल जाता हूँ
क्या बताऊँ कहाँ से आता हूँ

ज़ेहन में ख़्वाब के महल की तरह
ख़ुद ही बनता हूँ टूट जाता हूँ

आज भी शामे-ग़म! उदास न हो
मांग कर मैं चिराग़ लाता हूँ

मैं तो ऐ शहर के हसीं रस्तो!
घर से ही क़त्ल हो के आता हूँ

रोज़ आती है एक शख़्स की याद
रोज़ इक फूल तोड़ लाता हूँ

हाय गहराइयाँ उन आँखों की
बात करता हूँ, डूब जाता हूँ

क्या वो हालात थे जब धूप में हम आये थे
हाथ सायों ने बड़े प्यार से फैलाये थे

आज दस्तक पे भी आया न किसी घर से जवाब
कल हम आये थे तो दरवाज़े खुले पाये थे

ये अलग बात कि क़िस्मत में बिछड़ना था मगर
ज़ेहन ही ज़ेहन में हम दूर निकल आये थे

कोहे-शब[1] आज भी बे-तेशा न समझे हमको
जू-ए-नूर[2] आज से पहले भी हमीं लाये थे

अपना चेहरा ही गंवा आये तो एहसान हुआ
घर से बाज़ार की हम भीड़ में क्यों आये थे

वो भी नफ़रत के नशेबों में खड़े थे "अज़हर"
हम भी इख़्लास के ज़ीने से उतर आये थे

1. रात का पहाड़
2. रौशनी की नदी

⦿

कुछ आरज़ी उजाले बचाये हुए हैं लोग
मुट्ठी में जुगनुओं को छुपाये हुए हैं लोग

उस शख़्स को तो क़त्ल हुए देर हो गई
अब किसलिये ये भीड़ लगाये हुए हैं लोग

बरसों पुराने दर्द न अठखेलियाँ[1] करें
अब तो नये ग़मों के सताये हुए हैं लोग

आँखें उजड़ चुकी हैं मगर रंग-रंग के
ख़्वाबों की अब भी फ़स्ल लगाये हुए हैं लोग

क्या रह गया है शहर में खण्डरात के सिवा?
क्या देखने को अब यहाँ आये हुए हैं लोग?

कुछ दिन से बेदिमाग़ी-ए-'अज़हर' है रंग पर
बस्ती में उसको "मीर" बनाये हुए हैं लोग

1. छेड़छाड़

अन्दाज़ मेरे सर ही का पत्तों में नहीं था
पत्थर तो हवाओं के भी हाथों में नहीं था

इक चीख़ भी उभरी नहीं ख़ामोश फ़ज़ा में
शायद कोई जलते हुए ख़ेमों में नहीं था

मेरी भी रिफ़ाक़त तेरी क़िस्मत में नहीं थी
तू भी मेरे हाथों की लकीरों में नहीं था

पुरकार सभी ज़ख़्म हैं ये सोच रहा हूँ
बूढ़ा तो कोई शहर के बच्चों में नहीं था

जब तक थीं फुसूंकार[1] मेरी आहटें 'अज़हर'!
ये क़हते-मनाज़िर[2] भी दरीचों में नही था

1. जादू करने वाली
2. दृश्यों की कमी

o

क्या क़यामत आज इक अन्जान चेहरा कर गया
जितनी यादें मुन्तशिर[1] थीं सबको यकजा[2] कर गया

किस क़दर वो जानता था एहले-ग़म[3] की नफ़सियात
एक ही जुमले में दिल का बोझ हल्का कर गया

जब न छू पाया जबीं मेरी, तो आँधी का ग़ुबार
इतना झुंझलाया कि आईनों को धुंधला कर गया

आइने से पूछ लीजे लम्स[4] मेरे नाम का
आपके होंठों का कितना रंग गहरा कर गया

आज भी दीवारो-दर से है वही शर्मिन्दगी
आज भी सूरज मेरे घर में अंधेरा कर गया

अब हुआ एहसास उसके दूर हो जाने के बाद
एक पल 'अज़हर' मुझे कितना अकेला कर गया

1. बिखरी हुई
2. एक जगह इकट्ठा
3. दुखी लोगो की मानसिक स्थिति
4. स्पर्श

अभी बिछड़ा है वो कुछ रोज़ तो याद आयेगा
नक़्श रौशन है, मगर नक़्श है, धुंधलायेगा

घर से किस तरह मैं निकलूँ कि ये मद्धम सा चिराग़
मैं नहीं हूँगा तो तन्हाई में बुझ जायेगा

अब मेरे बाद कोई सर भी नहीं होगा तुलूअ[1]
अब किसी सम्त[2] से पत्थर भी नहीं आयेगा

मेरी क़िस्मत तो यही है कि भटकना है मुझे
रास्ते! तू मेरे हमराह किधर जायेगा

अपने ज़ेहनों में रचा लीजिये इस दौर का रंग
कोई तस्वीर बनेगी तो ये काम आयेगा

इतने दिन हो गये बिछड़े हुए उससे 'अज़हर'!
अब मिलेगा भी तो पहचान नहीं पायेगा

1. उभरना
2. दिशा

○

मिला तो प्यार से मिलना सिखा गया इक शख़्स
गया तो अपना बना कर चला गया इक शख़्स

अजीब फ़न है ये लफ़्ज़ों की रंग-आराई
ग़ज़ल के रूप में काग़ज़ पे आ गया इक शख़्स

अब इस दयार[1] में रौशन कोई चिराग़ नहीं
मैं जल रहा था मुझे भी बुझा गया इक शख़्स

क़रीब था तो मुझे अजनबी सा लगता था
बिछड़ गया तो मेरे दिल में आ गया इक शख़्स

अदावतों[2] में कई रोज़ से कमी है बहुत
शिकस्त अपने मुक़ाबिल से खा गया इक शख़्स

अजीब रुख़ से है 'अज़हर' ये दादे-गुमनामी
हमारा शेर हमीं को सुना गया इक शख़्स

1. नगर
2. दुश्मनी

ख़ुलूस जैसे तमाशा किसी मदारी का
अजीब रुख़ है मेरे दोस्त ग़मगुसारी का

हर एक क़द की बुलन्दी से बैर रखता है
वो आदमी जो सरापा[1] है इन्क़िसारी[2] का

मुहब्बतों की हरारत पे बात मत कीजे
अभी दिलों पे तअस्सुर है बर्फ़बारी का

ये और बात कि तक़दीर दर-बदर ले जाये
हर एक ज़ेहन में है ख़्वाब शहरयारी[3] का

तमाम शहर के लोगों के ज़ख़्म क्यों आये
जब एक सर ही निशाना था संगबारी का

ज़माने भर में फ़सानों की मांग है 'अज़हर'
मगर जुनूँ[4] है हमें वाक़ेया निगारी[5] का

1. सर से पाँव तक यानी स्वरूप
2. शालीनता
3. बादशाही
4. पागलपन
5. सच बात लिखना

ऐसा दिलचस्प था जवाब मेरा
मुस्कुराने लगा "गुलाब मेरा"

टूट कर चुभ रहा है आँखों में
आइना तो नहीं था ख़्वाब मेरा

मुस्तक़िल रौशनी हो क्या घर में
चाँद मेरा, न आफ़ताब मेरा

अब वहाँ है मेरी निगाह की प्यास
तू समन्दर है, तू सराब[1] मेरा

तेरे बरसों के ग़म पे भारी है
एक लम्हे का इज़्तेराब[2] मेरा

शहर डूबा था जाने कब लेकिन
आज तक घर है ज़ेरे-आब[3] मेरा

1. मरीचिका
2. बेचैनी
3. पानी में डूबा हुआ

०

मेरे घर से जो आगे बढ़ गये हैं
उदासी बामो-दर की पढ़ गये हैं

बस अब थम जाओ ऐ ज़ौबार[1] आँखों!
बहुत आँगन में जुगनू बढ़ गये हैं

छिपाते रहिये अब दस्ते-हिनाई
लकीरें पढ़ने वाले, पढ़ गये हैं

चिराग़ाँ पर भी है कुछ यास तारी
कुछ आँधी के भी झोंके बढ़ गये हैं

नहीं ये डूबने वालों की लाशें
रिदा-ए-आब[2] पर गुल कढ़ गये हैं

नज़र आलूद हैं रस्तों के पत्थर
हज़ारों लोग इनको पढ़ गये हैं

1. रौशनी बरसाने वाली
2. पानी की चादर

◉

उन्हें दिल से भुलाना चाहता हूँ
मगर ये तजरिबा क्यों कर रहा हूँ?

अभी इक याद दिल छू कर गई है
मैं फूलों से सिवा महका हुआ हूँ

यहाँ हर ख़ार दामन चाहता है
कहाँ दामन बचाना चाहता हूँ

अजब ये इरतिक़ा-ए-ज़िन्दगी[1] है
समन्दर पर हूँ और प्यासा खड़ा हूँ

मुझे बामाँदा-ए-मन्ज़िल[2] न समझो
किसी की राह तकता रह गया हूँ

मैं शहरे-आरज़ू में क्या बताऊँ?
चराग़े-दिल लिये क्या ढूँढता हूँ?

कोई ताबीर लाओ अब तो 'अज़हर'!
हसीं ख़्वाबों से मैं उकता गया हूँ

1. जीवन की उन्नति
2. मंज़िल का थका हुआ मुसाफ़िर

अपने आँचल में छुपा कर मेरे आँसू ले जा
याद रखने को मुलाक़ात के जुगनू ले जा

मैं जिसे ढूँढने निकला था उसे पा न सका
अब जिधर जी तेरा चाहे मुझे ख़ुश्बू ले जा

आ ज़रा देर को और मुझसे मुलाक़ात के बाद
सोचने के लिये रौशन कोई पहलू ले जा

हादसे ऊँची उड़ानों में बहुत होते हैं
तजरिबा तुझको नहीं है, मेरे बाज़ू ले जा

जो भी अब हाथ मिलाता है तुझे पूछता है
आ मेरे हाथों से ये लम्स[1] की ख़ुश्बू ले जा

लोग उस शहर में क्या जाने हों कैसे-कैसे
मेरा लेहजा, मेरे इख़्लास का जादू ले जा

1. स्पर्श

महताब[1] तेरी याद का ढलने नहीं देते
हम वक़्त को पहलू ही बदलने नहीं देते

काँटों की तरह राह में बिखरे हुए हालात
अब बादे-सबा[2] बन के भी चलने नहीं देते

उनसा भी कोई वज़आ का पाबन्द न होगा
क़दमों को भी आवाज़ बदलने नहीं देते

चलते हुए रस्तों की यही रीत रही है
गिर जाओ तो फिर लोग संभलने नहीं देते

दिखलाये सियासत जो वही देखते रहिये
मंज़र को यहाँ लोग संभलने नहीं देते

ताक़त से ये रक्खे हुए कुछ हाथ सरों पर
'अज़हर' किसी क़ामत[3] को निकलने नहीं देते

1. चाँद
2. सुबह को चलने वाली हवा
3. क़द्र

●

क्या बतायें वो हमसे क़द में कितने छोटे थे
शहर की फ़सीलों[1] से जो ख़िताब करते थे

उम्र की ढलानों पर अब हैं कितने संजीदा
वो शरीर बच्चे जो तितलियाँ पकड़ते थे

अब के तेज़ बारिश भी एक अज़ाब थी लेकिन
बेशतर मकानों के रंग भी तो कच्चे थे

यार! तू न मिलता तो बुझ के रह गया होता
आज कुछ उदासी के इतने तेज़ झोंके थे

रंग था, न वो ख़ुशबू, अक्स था, न वो लम्हा
मैंने जिस की आँखों में अपने ख़्वाब देखे थे

आज पढ़ के रोते हैं, हम उदास चेहरों को
"मीर" की ग़ज़ल पढ़ कर अगले लोग रोते थे

1. ऊँची दीवारें

हर एक लम्हा पुर असरार है, ख़याल रहे
तुम्हारे सर पे भी तलवार है, ख़याल रहे

तुम अपने चहरे ख़ुद अपनी निगाह से देखो!
जो आइना है अदाकार है, ख़याल रहे

मेरी सदा का किसी सम्त[1] से जवाब तो दो
कि बाज़गशत[2] मुझे बार है, ख़याल रहे

ये और बात बड़ी बेरुख़ी से मिलता है
मगर वो शख़्स मेरा यार है, ख़याल रहे

मेरी तरह है नई नस्ल का भी ग़म लेकिन
ये ग़म भी रेत की दीवार है, ख़याल रहे

बुलन्दियों को ग़लत ज़ावियों से मत देखो
तुम्हारे सर पे भी दस्तार है, ख़याल रहे

शुआ-ए-मेहर[3] की 'अज़हर' ये नुक़रई तहरीर[4]
बनामे-साया-ए-दीवार है, ख़याल रहे

1. दिशा
2. लौट कर आने वाली आवाज़
3. सूरज की किरण
4. चाँदी से लिखी हुई

पत्थर को फूल, ज़ख़्म को अपनी ख़ता कहूँ
किन किन रिफ़ाक़तों को तेरी, मरसिया कहूँ

तू शहर भर के जलते चिराग़ों का क़त्ल कर
मैं सरफिरी हवा! तुझे बादे सबा कहूँ

ख़ामोशियों को दूँ कोई मौज़ू-ए-गुफ़्तगू
फेंकूँ ख़ुद अपने जाम को और हादसा कहूँ

चेहरे पे कितनी गर्द थी, लहजे में कितना दर्द
किस कर्ब में वो आज मिला था मैं क्या कहूँ

हालात ये कि ईंट का पत्थर से दूँ जवाब
एहसास ये कि अपने बुज़ुर्गों को क्या कहूँ

'अज़हर' सदा-शनास[1] हूँ पहचानता हूँ मैं
किस-किस की शोर में है नुमाया सदा कहूँ

1. आवाज़ पहचानने वाला

रंगतें मासूम चेहरों की बुझा दी जायेंगी
तितलियाँ आँधी के झोकों से उड़ा दी जायेंगी

हसरते-नज़्ज़ारगी भटकेगी हर हर बाम पर
ख़्वाब होंगे और ताबीरें छुपा दी जायेंगी

आहटें गूंजेगी और कोई न आयेगा नज़र
प्यार की आबादियाँ सहरा बना दी जायेंगी

इस क़दर धुंधलायेंगे नक़्शो-निगारे-आरज़ू
देखते ही देखते आँखें गंवा दी जायेंगी

फ़ुरसतें होंगी मगर ऐसी बढ़ेंगी तल्ख़ियाँ
सिर्फ़ यादें ही नहीं शक्लें भुला दी जायेंगी

इस क़दर रोयेंगी आँखें देखकर पिछले ख़ुतूत
आँसुओं से सारी तहरीरें मिटा दी जायेंगी

इस तरह टूटेगा 'अज़हर' कल तिलिस्मे-ज़िन्दगी
हम तो सब सो जायेंगे रूहें जगा दी जायेंगी

o

क्या जाने उनपे कितने गुज़रना हैं हादसे
शाख़ों पे खिल रहे हैं जो ग़ुन्चे नये-नये

जा निकहते-बहार[1]! कोई और काम कर
तुझसे मशामे-जाँ[2] के दरीचे न खुल सके

मैं तल्ख़ी-ए-हयात की तलछट भी पी चुका
दुनिया है और जामे-बिलौरीं[3] के बुलबुले

उन आँसुओं को देख के ग़म भी तड़प उठा
दामन की आरज़ू में जो पलकों पे रह गये

सदियों से चल रहा है ये इन्साँ इसी तरह
लेकिन हुनूज़[4] कम नहीं मन्ज़िल से फ़ासले

आ लैला-ए-हयात[5] ! के अब दूर-दूर तक
सेहरा है और मेरी सदाओं के सिलसिले

1. बहार की ख़ुश्बू
2.सूंघने की शक्ति
3. बिल्लौर का जाम, पयाला
4. अभी तक
5. जीवन की लैला, मेहबूबा

इस हादसे को देख के आँखों में दर्द है
अपनी जबीं पे अपने ही क़दमों की गर्द है

आ थोड़ी देर बैठ के बातें करें यहाँ
तेरे तो यार लहजे में अपना सा दर्द है

क्या हो गयीं न जाने तेरी गर्म जोशियाँ
मौसम से आज हाथ सिवा तेरा सर्द है

तारीख़ भी हूँ उतने बरस की मुअर्रिख़ों[1]!
चेहरे पे मेरे जितने बरस की ये गर्द[2] है

ऐ रात! तेरे चाँद सितारों में वो कहाँ
बुझते हुए चिराग़ की लौ में जो दर्द है

'अज़हर' जो क़त्ल हो गया वो भाई था मगर
क़ातिल भी मेरे अपने क़बीले का फ़र्द है

1. इतिहासकारो
2. धूल

●

एक के बाद कोई जाम न लूँ
ख़ुद से अब और इन्तेक़ाम[1] न लूँ

शाएबा[2] हो जो बे नियाज़ी का
शाख़े-गुल का भी मैं सलाम न लूँ

जिसमें दिन की ख़लिश[3] न हो शामिल
वक़्त दे भी तो ऐसी शाम न लूँ

और है अब तअल्लुक़ात का रंग
अब सबा से भी मैं पयाम न लूँ

हाय इस जब्र का है नाम वफ़ा
उसको चाहूँ और उसका नाम न लूँ

जल के रह जाये रूह तक 'अज़हर'!
आँसुओं से अगर मैं काम न लूँ

1 बदला
2 संदेह
3 चुभन

⊙

अब मैं हूँ किसी का, न किसी से है मुझे प्यार
हट जा मेरे रस्ते से ख़्याले-लबो-रुख़्सार

जिस दिन तेरी दीवार ये गिर जायेगी मुझ पर
फिर कौन यहाँ ठहरेगा ऐ साया-ए-दीवार!

ज़ेहनों में समेटोगे तो हो जाओगे पागल
दिन रात के हाथों से ये बिखरे हुए अफ़कार

जिस दौर के फ़रहाद ही रख देते हैं तेशा
उस दौर[1] में सर अपना उठा लेते हैं कुहसार[2]

जलता है तो जल जाये उजालों के लिये घर
टूटे तो किसी तरह अंधेरों का ये पिन्दार[3]

जज़्बात का तूफ़ाँ भी डुबो देता है 'अज़हर'!
फूलों के चिराग़ों से भी जल जाता है गुलज़ार

1 ज़माना
2 पहाड़
3 अभिमान

०

लाख गुमनाम ज़माना मुझे करना चाहे
मैं वो ख़ुश्बू हूँ जो हर सम्त बिखरना चाहे

मुन्तज़िर हैं मेरी आँखों के सितारे कब से
है कोई चाँद जो सीने में उतरना चाहे?

वक़्त इतना तो सुबुक गाम[1] नहीं था पहले
कौन है ये जो दबे पाँव गुज़रना चाहे

ग़ैर-मुम्किन है उसी तरह मुहब्बत में सुकूँ
अपने साये में कोई जैसे ठहरना चाहे

कितने मसरूफ़ है 'अज़हर' मेरी तख़ईल[2] के हाथ
और शहनाज़े-ग़ज़ल[3] है कि संवरना चाहे

1 आहिस्ता चलने वाला
2 सोच
3 ग़ज़ल की दुल्हन

बीती हुई यादों के ये रंगीन धुंधलके
माज़ी मेरा आया है मगर भेस बदल के

कल किसी के तग़ाफुल ने ये पथराव किया था
आईने कई टूट गये शीश-महल के

रस्ते की रिफ़ाक़त से तो मक़सद नही मिलता
तुमको भी बिछड़ना है ज़रा दूर ही चल के

यूँ छोड़ के गुन्चों को बहकने लगी ख़ुश्बू
भटके है धुआँ जैसे चिराग़ों से निकल के

मौसम की तरह रंग बदलते हुए लोगो!
सूरज कभी उभरा ही नहीं सम्त[1] बदल के

'अज़हर' ये अलग बात भुला दें मुझे एहबाब
ज़ेहनों में तो रह जायेंगे कुछ शेर ग़ज़ल के

1 दिशा

•

शेर मेरे लौ हैं ज़ेहनों में मिसालों की तरह
काम आयेंगे अंधेरों में उजालों की तरह

रोज़ कुछ सोचती रह जाती हैं मेरी नज़रें
रोज़ कुछ लोग गुज़रते है सवालों की तरह

मैं न एहसास दिलाऊँ तो ये ज़ालिम दुनिया
भूल जाये मुझे गुज़रे हुए सालों की तरह

एक इज़ाफ़ा हुआ माहौल की रंगीनी में
ख़्वाब बिखरे जो मेरे आपके बालों की तरह

वक़्त अफ़साने सुनाता है गुज़र जाता है
याद रह जाते हैं लम्हात हवालों की तरह

क्या क़यामत है कि मेयारे-सुख़न[1] भी 'अज़हर'!
कम हुआ जाता है उर्दू के रिसालों की तरह

1 बात कहने का स्तर

⚬

एक उम्र से हलाक़े-ग़मो-इज़तेराब[1] हूँ
लेकिन हर एक बज़्म में हंसता गुलाब हूँ

वादी-ए-ज़िन्दगी के सवालो ! मुझे सुनो
आवाज़े-बाज़गश्त[2] नहीं हूँ जवाब हूँ

मेरी सलाहियत सहर-अफ़रोज़[3] है मगर
बादल की ज़द में आया हुआ आफ़ताब हूँ

कितने उठा सकोगे तुम अफ़कार के गुहर
ज़ेहनों के मुफ़लिसो ! मैं बरसता सहाब[4] हूँ

ले आये किस मक़ाम पे ये तजरिबे मुझे
यूँ पढ़ रहे हैं लोग, मैं जैसे किताब हूँ

हमराह चल तो दी है मेरे तिश्नगी की मौज
नादाँ ये जानती नहीं मैं ख़ुद सराब[5] हूँ

1 ग़म और परेशानी का मारा हुआ
2 लौट के आने वाली आवाज़
3 सुबह को रौशन करने वाली
4 बादल
5 मरीचिका

●

आईनाबीं[1] निगाह के रुख़ पर नहीं हूँ मैं
मुझमें भी अक्स उभरेंगे पत्थर नहीं हूँ मैं

तहरीर की तरह मुझे पढ़ ले क़रीब से
तेरी तरह तो दूर का मंज़र नहीं हूँ मैं

कब तक हंसूँगा ज़िन्दा दिली के सुबूत में
बे-रूह क़हक़हों का समन्दर नहीं हूँ मैं

हर शख़्स आसमाँ से सिवा है यहाँ बुलन्द
इस शहर में किसी के बराबर नहीं हूँ मैं

मसरूफ़ तो बहुत हैं तुम्हारी समाअतें[2]
लोगो ! मगर सदाये-मुक़र्रर[3] नहीं हूँ मैं

1 आईने को पहनाने वाली
2 सुनने की क्रिया
3 दूसरी बार आने वाली आवाज़

•

दिल में ख़ुद जो मन्ज़िल का अज़्म[1] ले के उठा हूँ
मैं गुज़रने वालों से रास्ता भी क्यूँ पूछूँ

तजरिबों का रग-रग में ज़हर फैल जाने तक
दोस्ती की नागन को सोचता हूँ डसने दूँ

ज़िन्दगी के पास आयें आप तो समझ जायें
गेसुओं[2] के साये को धूप क्यों मैं कहता हूँ

दिल बचाये फिरता हूँ यूँ सितम-ज़रीफ़ों[3] से
पत्थरों की बारिश में कैसे आइना रख दूँ

बाँट तो सके 'अज़हर' आने वाली नस्लों में
कम से कम ज़माने को इतना प्यार दे जाऊँ

1 इरादा
2 जुल्फ़ों
3 ज़ालिमों

◉

मेरी आँखों के ये आँसू भी ग़नीमत समझो
इस अन्धेरे में ये जुगनू भी ग़नीमत समझो

ख़त्म होने को है कुछ देर में अब जश्ने-हयात[1]
आख़री साँस के घुंघरू भी ग़नीमत समझो

टूट तो जाता है कुछ शहर के लोगों का जुमूद[2]
दिन में चलती हुई ये लू भी ग़नीमत समझो

मेरी भीगी हुई पलकें है और उनका आँचल
ये मुलाक़ाते-लबे-जू[3] भी ग़नीमत समझो

अब ये महसूस तो होता है कोई दूर नहीं
ये हदीदे-रुख़े-गेसू[4] भी ग़नीमत समझो

1 ज़िन्दगी का जश्न
2 ठहराव
3 नदी के किनारे की मुलाक़ात
4 महबूब के चहरे और जुल्फ़ो की बातें

०

जो भी दिल है वो मुहब्बत है जताने वाला
कोई ग़ुन्चा नहीं ख़ुश्बू को छुपाने वाला

किसकी आँखें हैं मेरी तरह जो उसको देखें
कौन सूरज से है अब आँख मिलाने वाला

फ़र्क़ फ़ितरत के तक़ाज़े पे हुआ करता है
अपने क़द से न बढ़ा ख़ुद को बढ़ाने वाला

कोई उभरेगा किसी रात के सन्नाटे से
बन्द दरवाज़े सदाओं से जगाने वाला

अपनी तन्हाई, जो बिछड़ा वो, मुझे सौंप गया
मैं भी क्या शख़्स हूँ एहबाब गंवाने वाला

नर्म लहजे में वो जादू है कि 'अज़हर' साहब !
ख़ुद पे नादिम[1] है बहुत संग[2] उठाने वाला

1 शर्मिन्दा
2 पत्थर

मेरी आँखों में हैरत की धनक बन कर उतर जाना
वो उसका हम सुख़न होकर मुझे तस्वीर कर जाना

न मिल पाये मेरा क़ातिल तो इस मासूम बस्ती में
लहू फ़रियाद के कासे[1] में लेकर दर-ब-दर जाना

तुझे ऐ रात ! क्या देंगे ये दिन भर के थके हारे
इन्हें तो शाम होते पन्छियों की तरह घर जाना

छिड़ी जब ख़ूबसूरत बहस कोई हुस्न-बीनों[2] में
किताबों से सिवा चेहरे को तेरे मोतबर जाना

बहुत ही फ़ासला था डूबता सूरज न सुन पाया
सदा देता रहा मैं, रौशनी कुछ छोड़ कर जाना

1 प्याला
2 सुन्दरता को पहचानने वाले

●

दिल को यूँ उसकी वफ़ा पर हुआ धोखा 'अज़हर'!
रेत को जैसे समझ ले कोई दरिया 'अज़हर'!

वक़्त बर्बाद तो कर देगा मगर मन्ज़िल तक
साथ देगा न किसी पेड़ का साया 'अज़हर'!

तुम उन्हें भूल गये उनसे तुम्हे प्यार नहीं
ये लतीफ़ा बड़ा दिलचस्प सुनाया 'अज़हर'!

तुम मेरे ख़्वाब की ताबीर बता सकते हो?
तुमने देखा है कोई ख़्वाब सुनहरा 'अज़हर'!

हम जो आवाज़ लगाते हैं वो खो जाती है
गूंजता भी नहीं क्या वक़्त का सहरा 'अज़हर'!

हाय वो साथ जो एक शख़्स को तनहा कर दे
हाय वो ख़्वाब जो रह जाये अधूरा 'अज़हर'!

अपने लगते नहीं अपने ही ख़दो-ख़ाल[1] उसे
जाने ले आये कहाँ तुम ये महो-साल उसे

साया-ए-जिस्म ने छोड़ी न उभरने की अदा
लाख क़दमों से किया राह में पामाल[2] उसे

कोई रिश्ता ही ज़मीं का न उसे याद रहे
इतना ऊँचा भी न ले जायें परो-बाल उसे

वो जो इक शख़्स सरापा है परेशानी का
मैंने देखा है इसी शहर में ख़ुशहाल उसे

पिछले बरसों की तरह कर्ब में गुज़रेगा मगर
कम से कम ग़म तो नये देगा, नया साल उसे

1 अपने चहरे का नाक नक़्शा
2 कुचलना

●

उदास उदास तबीयत जो थी बहलने लगी
अभी मैं रो ही रहा था कि रुत बदलने लगी

पड़ोस वालो ! दरीचों[1] को मत खुला छोड़ो
तुम्हारे घर से बहुत रौशनी निकलने लगी

ज़रा थमे थे कि फिर हो गये रवाँ आँसू
जो रुक गई थी वो ग़म की बरात चलने लगी

भला हो शहर के लोगों की ख़ुश-लिबासी का
कि बेकसी भी मेरा पैरहन[2] बदलने लगी

ठहर गई है कहाँ आके ढलते-ढलते रात
मेरी नज़र भी चिराग़ों के साथ जलने लगी

नज़र उठी तो अन्धेरा था, जब क़दम उट्ठे
शुआ-ए-मेहर[3] मेरे साथ-साथ चलने लगी

सितम ज़रीफ़ी-ए-फ़ितरत[4] तो देखिये 'अज़हर'
शबाब आया ग़ज़ल पर तो उम्र ढलने लगी

1 खिड़कियाँ
2 पोशाक
3 सूरज की किरन
4 प्रकृति का सितम

○

बे ख़तर उतने ही पंछी होंगे
जितने हमले तेरे, आँधी होंगे

कल भी हम वजहे-तबाही होंगे
उनके "अख़बार" की सुर्ख़ी होंगे

मैं तो लाशें भी गिना दूँ लेकिन
बद-मज़ा ज़िल्ले-इलाही[1] होंगे

आप चौंके नहीं, अफ़साने में
जितने किरदार[2] हैं, फ़र्ज़ी[3] होंगे

सिर्फ़ शहरों में ज़रूरत होगी
सरहदों पर न सिपाही होंगे

और कुछ हादसे होंगे 'अज़हर'!
और कुछ बाल ये चाँदी होंगे

1 ईश्वर का साया यानी बादशाह
2 चरित्र
3 झूठे

⚫

आँखों में फ़तहे-ख़्वाब[1] का मंज़र न आयेगा
इन सरहदों में अब कोई लश्कर न आयेगा

शबख़ून[2] जिसपे मारने बैठे हैं चन्द लोग
वो शख़्स चूड़ियाँ तो पहन कर न आयेगा

हर सिम्ते-इन्तक़ाम[3] तही दस्त हो चुकी
अब आने वालों पर कोई पत्थर न आयेगा

सूरज डुबो के ख़ुश थे बहुत तीरगी पसन्द[4]
और ये भी था गुमान उभर कर न आयेगा

अब उसने ख़ुदकशी का इरादा बदल दिया
अब रास्ते में कोई समन्दर न आयेगा

बच्चों की ज़िद का भी नहीं टूटेगा सिलसिला
और चाँद भी ज़मीं पे उतर कर न आयेगा

'अज़हर' ! किसे सदायें लगाते हो तुम, यहाँ
कोई तिलिस्मे-ज़ात[5] से बाहर न आयेगा

1 ख़्वाबों की विजय
2 रात को चोरी छुपे हमला करना
3 बदला लेने की दिशा
4 अंधेरे को पसन्द करने वाले
5 अपनी ज़ात का तिलिस्म

⦿

शहर में सब से ख़ुश लिबास था वो
फिर भी मेरी तरह उदास था वो

कुछ बताते नहीं कुतुब ख़ाने
किस फ़साने का इक़्तिबास[1] था वो

उस की नज़रें भी रूह तक न गई
लोग कहते है ग़म शनास[2] था वो

चाँद तारों में ढूंढती थी नज़र
और अश्कों के आस पास था वो

इतने हमले सहे थे ख़ुशियों के
इन्तेक़ामन[3] शरीके-यास[4] था वो

फ़ासलों से क़यास[5] कर लीजे
क्या बताऊँ कि कितना पास था वो

1 टुकड़ा
2 ग़म को पहचानने वाला
3 बदले की भावना से
4 उदासी का शरीक
5 अन्दाज़ा

⦿

जब तक सफ़ेद आँधी के झोंके चले न थे
इतने घने दरख़्तों से पत्ते गिरे न थे

इज़हार पर तो पहले भी पाबंदियाँ न थीं
लेकिन बड़ों के सामने हम बोलते न थे

उनके भी अपने ख़्वाब थे अपनी ज़रूरतें
हमसाये का मगर वो गला काटते न थे

पहले भी लोग मिलते थे लेकिन तअल्लुक़ात
अंगड़ाई की तरह तो कभी टूटते न थे

पक्के घरों ने नींद भी आँखों की छीन ली
कच्चे घरों में रात को हम जागते न थे

रहते थे दास्तानों के महौल में मगर
क्या लोग थे कि झूठ कभी बोलते न थे

'अज़हर' वो मकतबों के पढ़े मोतबर थे लोग
बैसाखियों पे सिर्फ़ सनद की खड़े न थे

●

बुलन्द होके इन्किसार करने वाले क्या हुए
वो पैदलों को शहसवार करने वाले क्या हुए

ये कैसे ख़त्म हो गयीं ज़बाँ की पासदारियाँ
वो दुश्मनों पे ऐतबार करने वाले क्या हुए

बड़ों के जो ख़िलाफ़ कुछ न सुन सके न कह सके
वो निस्बतों पे जाँ निसार करने वाले क्या हुए

ये अस्प[1] कैसे रुक गये ग़ुबार उठता देख कर
चढ़ी हुई नदी को पार करने वाले क्या हुए

यतीम हो के रह गये अजायबात[2] के नुक़ूश
वो पत्थरों को शाहकार करने वाले क्या हुए

बुलन्द होके सोचते थे जिस्म की जो सतह से
वो ख़्वाहिशों को संगसार करने वाले क्या हुए

चमक दमक की दौड़ में हमें अकेला छोड़ कर
वो सादा ज़िंदगी से प्यार करने वाले क्या हुए

1 घोड़े
2 अजायब घरों

●

फ़िक्र में हैं हमें बुझाने की
आँधियाँ मीर के ज़माने की

मेरा घर है पुराने वक़्तों का
उसकी आँखें नये ज़माने की

अब कोई बात भूलता ही नहीं
हाय वो उम्र भूल जाने की

अपने अन्दर का शोर कम तो हुआ
ख़ामुशी में किताबख़ाने की

एक मंज़र था याद रखने का
एक तस्वीर थी बनाने की

काश पहुँचे न मेरे बच्चों तक
ये बनावट मेरे घराने की

जागने में गुज़ार दीं 'अज़हर'!
वो जो रातें थीं नींद आने की

हक़ीक़तों का नई रुत की है इरादा क्या ?
कहानियों ही में ले साँस शाहज़ादा क्या ?

ये रंगज़ार है अपना परों पे तितली के
धनक हो ख़ुद में तो फूलों से इस्तिफ़ादा[1] क्या ?

मुहब्बतों में ये रुस्वाइयाँ तो होती हैं
शराफ़तें तेरी क्या, मेरा ख़ानवादा[2] क्या ?

अगर वो फेंक दे कश्कोल[3] अपने विरसे का
तो इस जहाँ में करे भी फ़क़ीरज़ादा क्या ?

ज़िदें तो शान हुआ करती हैं रईसों की
जो चौथी सम्त न जाये वो शाहज़ादा क्या ?

ये मेरे नक़्श, ये मेरी शराफ़तें, 'अज़हर'!
अब और चाहिये इससे मुझे ज़ियादा क्या ?

1 फ़ायदा उठाना
2 ख़ानदान
3 भिक्षा पात्र

○

किताबें जब कोई पढ़ता नहीं था
फ़ज़ा में शोर भी इतना नहीं था

अजब संजीदगी थी शहर भर में
कि पागल भी कोई हंसता नहीं था

बड़ी मासूम सी अपनाइयत थी
वो मुझसे रोज़ जब मिलता नहीं था

जवानों में तसादुम[1] कैसे रुकता
क़बीले में कोई बूढ़ा नहीं था

पुराने एहद[2] में भी दुश्मनी थी
मगर माहौल ज़हरीला नहीं था

सभी कुछ था ग़ज़ल में उस की 'अज़हर'
बस इक लहजा मेरे जैसा नहीं था

1 झगड़ा
2 ज़माना

○

तमाम शख़्सियत उसकी हसीं नज़र आई
जब उसके क़त्ल की अख़्बार में ख़बर आई

शरीफ़ लोग चढ़े जब नहीं हैं कोठों पर
तो किसके साथ ये तहज़ीब बाम[1] पर आई

गुज़र के मुझको ख़दो-ख़ाल की नुमाइश से
तमाम शहर में बेचेहरगी नज़र आई

ख़मोश क्या हुई बुढ़िया सफ़ेद बालों की
कहानियों की कोई रात फिर न घर आई

अजीब शख़्स था कुछ देर गुफ़्तगूजो हुई
दिलो-दिमाग़ में इक रौशनी उतर आई

दुआएँ मांग रहे थे हवा की लोग, मगर
हवा चली भी तो आँखों में धूल भर आई

गुलाब टूट के बिखरा था कल जहाँ 'अज़हर'
उसी मक़ाम पे ख़ुश्बू मुझे नज़र आई

1 कोठा, छत

○

जाने आया था क्यों मकान से मैं?
क्या ख़रीदूँगा इस दुकान से मैं?

हो गया अपनी ही अना[1] से हलाक[2]
दब गया अपनी ही चटान से मैं

एक रंगीन सी बग़ावत पर
कट गया सारे ख़ानदान से मैं

रोज़ बातों के तीर छोड़ता हूँ
अपने अजदाद[3] की कमान से मैं

मांगता हूँ कभी लरज़ के दुआ
कभी लड़ता हूँ आसमान से मैं

ऐ मेरे दोस्त थक न जाऊँ कहीं
तेरी आवाज़ की तकान से मैं

डरता रहता हूँ ख़ुद भी 'अज़हर' ख़ाँ
अपने अन्दर के इस पठान से मैं

1 अभिमान
2 मरना
3 बुज़ुर्ग

क़यामत आयेगी माना ये हादसा होगा
मगर छुपा हुआ मंज़र तो रूनुमा[1] होगा

मुसाहिबों में घिरे होंगे ज़िल्ले-सुबहानी[2]
ग़नीम[3] शहर को ताराज[4] कर रहा होगा

अभी फ़ज़ा में थी इक तेज़ रौशनी की लकीर
न जाने टूट के तारा कहाँ गिरा होगा

अज़ीज़ मुझसे था इनआम मेरे सर का उसे
रईस एक ही शब में वो हो गया होगा

हुई जो बात तो वो आम आदमी निकला
ग़ुलाम था कि नये रुख़ से सोचता होगा

रहेगा सामने कब तक ये नीलगूँ[5] मंज़र
ये आसमान कहीं ख़त्म तो हुआ होगा

अजब सफ़र है मुझे भी पता नहीं 'अज़हर'
कि अगले मोड़ पे किरदार मेरा क्या होगा

1 दृष्टिगोचर
2 बादशाह
3 दुश्मन
4 बर्बाद करना
5 नीला

●

हर एक रात को महताब[1] देखने के लिये
मैं जागता हूँ तेरा ख़्वाब देखने के लिये

न जाने शहर में किस किस से झूठ बोलूँगा
मैं घर के फूलों को शादाब[2] देखने के लिये

इसीलिये मैं किसी और का न हो जाऊँ
मुझे वो दे गया एक ख़्वाब देखने के लिये

अजीब सा है बहाना मगर तुम आ जाना
हमारे गाँव का सैलाब देखने के लिये

पड़ोसियों ने ग़लत रंग दे दिया 'अज़हर'
वो छत पे आया था महताब देखने के लिये

1 चाँद
2 खिला हुआ ताज़ा
3 पानी में डूबा हुआ

वो मुझसे मेरा तआरुफ़[1] कराने आया था
अभी गुज़र जो गया इक अज़ीम लमहा था

सुना है मैंने यहाँ सुर्ख़ घाँस उगती थी
वो बादशाह यहीं अपनी जंग हारा था

हमारी रात से बेहतर थी अगले वक़्त की रात
हर एक घर में दिया सुबह तक जो जलता था

अज़ीज़ मुझको भी थे नक़्श अपने माज़ी[2] के
उसे भी शौक़ पुरानी इमारतों को था

अब अपने सिर का तहफ़्फुज़[3] भी आप ख़ुद कीजे
फ़िज़ा में आपने पत्थर भी ख़ुद उछाला था

गया तो अपनी उदासी भी दे गया मुझको
तमाम दिन जो मेरे साथ हंसता रहता था

अब उससे एक बड़ा नाम जुड़ गया 'अज़हर'
जो शाहकार[4] मेरी फ़िक्र ने बनाया था

1 परिचय
2 गुज़रा हुआ जमाना
3 बचाव
4 मास्टर पीस

•

नज़र की ज़द में सर कोई नहीं है
फ़सीले-शहर पर कोई नहीं है

बहुत मुफ़्लिस हैं उसके गाँव वाले
पढ़ा लिक्खा मगर कोई नहीं है

ख़बर इक घर के जलने की है लेकिन
बचा बस्ती में घर कोई नहीं है

कहीं जायें, किसी भी वक़्त आयें
बड़ों का दिल में डर कोई नहीं है

मुझे ख़ुद टूट कर वो चाहता है
मेरा इसमें हुनर कोई नहीं है

हम अपने साथ जायें भी कहाँ तक
हमारा हमसफ़र कोई नहीं है

अभी आँधी पे 'अज़हर' तबसरे[1] हैं
चिराग़ों की ख़बर कोई नहीं है

1 टिप्पणी

क्या क्या नवाहे-चश्म[1] की रानाइयाँ[2] गयीं
मौसम गया, गुलाब गये, तितलियाँ गयीं

झूठी सियाहियों से हैं शजरे लिखे हुए
अब के हसब नसब की भी सच्चाइयाँ गयीं

किसी ज़हन से ये सारे महाज़ों[3] पे जंग थी
क्या फ़तह हो गया कि सफ़-आराइयाँ गयीं

करने को रौशनी के तआक़ुब[4] का तजरबा
कुछ दूर मेरे साथ भी परछाइयाँ गयीं

आगे तो बे-चिराग़ घरों का है सिलसिला
मेरे यहाँ से जाने कहाँ आँधियाँ गयीं

'अज़हर' मेरी ग़ज़ल के सबब अब के शहर में
कितनी नई पुरानी शनासाइयाँ[5] गयीं

1 आँखों के आस पास
2 सुन्दरताएँ
3 मोर्चे
4 पीछा करना
5 जान पहचान

इस बार उनसे मिल के जुदा हम जो हो गये
उनकी सहेलियों के भी आँचल भिगो गये

चौराहों का तो हुस्न बढ़ा शहर के मगर
जो लोग नामवर थे वो पत्थर के हो गये

सब देख कर गुज़र गये इक पल में और हम
दीवार पर बने हुए मंज़र में खो गये

मुझको भी जागने की अज़ीयत[1] से दे निजात[2]
ऐ रात! अब तो घर के दरो-बाम सो गये

किस किस से और जाने मुहब्बत जताते हम
अच्छा हुआ कि बाल ये चाँदी के हो गये

इतनी लहूलहान तो पहले फ़ज़ा न थी
शायद हमारी आँखों में अब ज़ख़्म हो गये

इख़्लास का मुज़ाहिरा[3] करने जो आये थे
'अज़हर' तमाम ज़हन में काँटे चुभो गये

1 दुख
2 छुटकारा
3 प्रदर्शन

⚫

ग़मों से यूँ वो फ़रार[1] इख़्तियार करता था
फ़िज़ा में उड़ते परिन्दे शुमार करता था

बयान करता था दरिया के पार के क़िस्से
ये और बात वो दरिया न पार करता था

बिछड़ के एक ही बस्ती में दोनों ज़िन्दा हैं
मैं उससे इश्क़ तो वो मुझसे प्यार करता था

युँही था शहर की शख़्सियतों को रंज उससे
कि वो ज़िदें भी बड़ी पुरवक़ार करता था

कल अपनी जान को दिन में बचा नहीं पाया
वो आदमी कि जो आहट पे वार करता था

वो जिसके सहन में कोई गुलाब खिल न सका
तमाम शहर के बच्चों से प्यार करता था

सदाक़तें[2] थीं मेरी बंदगी में जब 'अज़हर'
हिफ़ाज़तें मेरी परवरदिगार[3] करता था

1 भागना
2 सच्चाईयाँ
3 ईश्वर

•

ये क्या कि रंग हाथों से अपने छुड़ायें हम
इल्ज़ाम तितलियों के परों पर लगायें हम

होती हैं रोज़-रोज़ कहाँ ऐसी बारिशें
आओ कि सर से पाँव तलक भीग जायें हम

उकता गया है साथ के इन क़हक़हों से दिल
कुछ रोज़ को बिछड़ के अब आँसू बहायें हम

कब तक फ़ुज़ूल लोगों पे हम तजरिबे करें
काग़ज के ये जहाज़ कहाँ तक उड़ायें हम

किरदार-साज़ियों[1] में बहुत काम आयेंगे
बच्चों को वाक़ियात बड़ों के सुनायें हम

इस कारे-आगही[2] को जुनूँ[3] कह रहे हैं लोग
महफ़ूज़ कर रहे हैं फ़ज़ा में सदायें हम

'अज़हर' समाअतें हैं लतीफ़ों की मुन्तज़र
महफ़िल में अपने शेर किसे अब सुनायें हम

1 चरित्र बनाना
2 समझदारी का काम
3 पागलपन

ज़रा जो ज़ोर नदी के बहाव में होगा
मेरा हरीफ़ भी मेरी ही नाव में होगा

बुज़ुर्ग क़िस्से सुना कर गुज़र गये होंगे
धुआँ भी अब कहाँ ठण्डे अलाव में होगा

उभरती, डूबती ये आहटें ये आवाज़ें
चले चलो कोई लश्कर पड़ाव में होगा

गुमान भी नहीं होगा ये संगबारों[1] को
कि पुरख़ुलूस वो मेरे बचाव में होगा

जिसे मैं भीगता, आँगन में छोड़ आया था
वो बचपना मेरा काग़ज़ की नाव में होगा

लगेगी कोई तो ठोकर सफ़ेद-पोशी को
कोई तो हादसा इस रख-रखाव में होगा

1 पत्थर मारने वाले
2 ऋषि

•

ख़्वाब जब एक थे उसके मेरे
क्या धनक रंग थे रस्ते मेरे

आज मैं यार तुझे मान गया
जख़्म तुझसे नहीं गहरे मेरे

कितना मासूम बना देते हैं
मुझको घर में ये खिलौने मेरे

दश्त[1] की रात को सदियों के लिये
रौशनी दे गये ख़ेमे मेरे

मेरी मुट्ठी में सदाक़त[2] कब थी
संग-रेज़े[3] नहीं बोले मेरे

अगले वक़्तों की हैं बातें मेरी
इसपे नाराज़ हैं बच्चे मेरे

शहर में आग लगा दी 'अज़हर'
इख़्तिलाफ़ात ने तेरे, मेरे

1 जंगल
2 सच्चाई
3 पत्थर के टुकड़े

●

मैं न डूबूँगा ख़ुदा है मेरा
ये ग़ज़ल मेरी असा[1] है मेरा

साथ छोड़ा है जहाँ सूरज ने
हम सफ़र चाँद हुआ है मेरा

वो भी सोता है किताबें पढ़कर
ख़्वाब रौशन जो हुआ है मेरा

मैं बुरा हूँ तो निभा ले मुझको
साथ क्यों छोड़ रहा है मेरा

तीर झुंझला के चलाया उसने
जब तआक़ुब न हुआ है मेरा

कल इसे कौन पढ़ेगा 'अज़हर'
नाम उर्दू में लिखा है मेरा

1 लाठी

⊙

अब वो लश्कर न वो ख़ेमे होंगे
तुमने मैदान ही देखें होंगे

मैं उसे याद भी आता हूँगा
सिलसिले टूट भी जाते होंगे

तुमने चाहत का भरम रखने को
हमसे कुछ झूठ भी बोले होंगे

लोग पत्थर के ज़माने वाले
क्या मुहब्बत नहीं करते होंगे

बचपना लौट के फिर आयेगा
हम भी 'अज़हर' कभी बूढ़े होंगे

बादशाही थी मुक़द्दर मेरा
सर मेरा ले गया लश्कर मेरा

एक तलवार मुहाफ़िज थी मेरी
और इक नाम था रहबर मेरा

इक दिया भी नहीं बुझने देता
ज़ोर चलता जो हवा पर मेरा

मैं सराबों में ख़ला के गुम हूँ
और सब कुछ है ज़मीं पर मेरा

रूह में जब मेरी उतरा कोई
देखता रह गया मंज़र मेरा

•

साथ छुटने के जो क़िस्से निकले
अश्क[1] उन आँखों से मेरे निकले

हम तो पैरों में समझते थे मगर
आपके ज़हन में काँटे निकले

लोग संजीदा समझते थे जिन्हें
वो भी बच्चों के खिलौने निकले

जितना पथराव अन्धेरों का हुआ
मेरे लहजे से उजाले निकले

मैंने जब शहर में इज़्ज़त पाई
मुझसे हर शख़्स के रिश्ते निकले

क्या ज़माना है कि अपने घर से
प्यार को लोग तरसते निकले

जा-ब-जा होंगे तमाशे 'अज़हर'
झोलियाँ ले के सपेरे निकले

1 आँसू

•

इक ग़ुलामी थी मुहब्बत उसकी
मेरे दिल पर थी हुकूमत उसकी

वो जो अनमोल बना ले ख़ुद को
मैं लगाता नहीं क़ीमत उसकी

नाम सुनते ही उभरती लेकिन
ज़हन ज़िद्दी है तबीयत उसकी

मेरे घर से है बस अपने घर तक
कैसी दिलचस्प है हिजरत[1] उसकी

वो जो इक पल नहीं होता था जुदा
अब है तस्वीर में संगत उसकी

1 पलायन करना

•

इस बुलन्दी पे कहाँ थे पहले
अब जो बादल हैं धुआँ थे पहले

नक़्श मिटते हैं तो आता है ख़याल
रेत पर हम भी कहाँ थे पहले

अब हर इक शख़्स है एज़ाज़-तलब
शहर में चन्द मकाँ थे पहले

आज शहरों में हैं जितने ख़तरे
जंगलों में भी कहाँ थे पहले

लोग यूँ कहते हैं अपने क़िस्से
जैसे वो शाहजहाँ थे पहले

टूट कर हम भी मिला करते थे
बेवफ़ा तुम भी कहाँ थे पहले

मैं शहरे-लफ़्ज़[1] में जो बा कमाल[2] हो जाऊँ
नये सुख़न[3] के लिये इक मिसाल हो जाऊँ

अब इस कदर भी मेरे यार मुझको साथ न रख
कि तेरे जैसा ही नाजुक ख़याल हो जाऊँ

मुझे था हिज्र की रुत का भी तजरबा करना
वो चाहता था हलाके-विसाल हो जाऊँ

अमीरे-शहर नहीं मैं, कि छोटी बातों पर
किसी के वास्ते वजहे-ज़वाल हो जाऊँ

घने दरख़्त को रौन्दा भी जा नहीं सकता
अगर हूँ सब्ज़ा तो मैं पायमाल[4] हो जाऊँ

जो तू बड़ा कोई दुर्वेश है तो फिर 'अज़हर'
नज़र वो डाल कि मैं बा-कमाल हो जाऊँ

1 शब्द का नगर
2 निपुण
3 बात
4 कुचल आना

•

वो तड़प जाये इशारा कोई ऐसा देना
उसको ख़त लिखना तो मेरा भी हवाला देना

अपनी तस्वीर बनाओगे तो होगा एहसास
कितना दुश्वार है ख़ुद को कोई चेहरा देना

इस क़यामत की जब उस शख़्स को आँखें दी हैं
ऐ ख़ुदा ख़्वाब भी देना तो सुनहरा देना

अपनी तारीफ़ तो महबूब की कमज़ोरी है
अब के मिलना तो उसे एक क़सीदा देना

है यही रस्म बड़े शहरों में वक़्ते-रुख़्सत[1]
हाथ काफ़ी है हवा में यहाँ लहरा देना

इनको क्या क़िलए के अन्दर की फ़ज़ाओं का पता
ये निगेहबान हैं इनको तो है पहरा देना

पत्ते-पत्ते पे नई रुत के ये लिख दें 'अज़हर'
धूप में जलते हुए जिस्मों को साया देना

1 जाते समय

०

रंगतों के जो ये पैकर[1] हैं मियाँ
चलते-फिरते हुए मंज़र हैं मियाँ

चाँद, तारों से न धोखा खाओ
रात के हाथ में पत्थर हैं मियाँ

रुक गये लोग जो रस्ते चलते
लाश के जिस्म पे ज़ेवर हैं मियाँ

तिश्नगी[2] ले के न वापस जाओ
इन सराबों में समन्दर हैं मियाँ

तल्ख़ हालात में लगते हैं तवील
रात और दिन तो बराबर हैं मियाँ

आप हाथों की लकीरें दिखलायें
हम तो क़ौमों का मुक़द्दर हैं मियाँ

इस नये शहरे-ग़ज़ल में 'अज़हर'
आप भी कोई सुख़नवर[3] हैं मियाँ

1 जिस्म
2 प्यास
3 शायर

•

कहाँ आ बैठे हम भी पागलों में
उड़ा देंगे ये सब कुछ क़हक़हों में

बिछड़ जाते हैं अब तो हँसते-हँसते
कभी होते थे आँसू आँचलों में

किसे फ़ुर्सत है लम्बी गुफ़्तगूकी
कहाँ दिलचस्पियाँ अब मौसमों में

अभी उस शख़्स को समझे नहीं हैं
अभी कुछ लोग हैं ख़ुशफ़हमियों में

तुम अब इस धूप में भी साथ रहना
बहुत भीगे भी हैं हम बारिशों में

सिवा दो चार जाँबाँज़ों के 'अज़हर'
बचा है कौन अब अगली सफ़ों में

○

ख़त उसके अपने हाथ का आता नहीं कोई
क्या हादसा हुआ है बताता नहीं कोई

गुड़िया जवान क्या हुई मेरे पड़ोस की
आँचल में जुगनुओं को छुपाता नहीं कोई

जबसे बता दिया है नजूमी ने मेरा नाम
अपनी हथेलियों को दिखाता नहीं कोई

कुछ इतनी तेज़ धूप नये मौसमों की है
बीती हुई रुतों को भुलाता नहीं कोई

देखा है जबसे ख़ुद को मुझे देखते हुए
आईना सामने से हटाता नहीं कोई

'अज़हर' यहाँ है अब मेरे घर का अकेलापन
सूरज अगर न हो तो जगाता नहीं कोई

◉

वो जिसको धूप में हमराह मेरे देखा था
वो मेरा यार नहीं था वो मेरा साया था

उसी की देन ख़राशें हैं मेरे लहजे की
वो आदमी जिसे मैंने गज़ल बनाया था

रिफ़ाक़तों पे मेरी नाज़ भी बहुत था उसे
ज़िदें भी करना उसे मैंने ही सिखाया था

मुहब्बतों में अदाकारियाँ नहीं चलतीं
मुझे वो हार गया जीतने जो आया था

ये मैंने किसको ख़फ़ा करके आज छोड़ दिया
वो कौन था जिसे घर से मना के लाया था

ये हादसा भी उसी रास्ते में पेश आया
इक और दोस्त को मैंने जहाँ गंवाया था

अब उसको कोई ज़रूरत नहीं मेरी 'अज़हर'
वो मेरे पास परेशानियों में आया था

मैं समन्दर था मुझे चैन से रहने न दिया
ख़ामुशी से कभी दरियाओं ने बहने न दिया

अपने बचपन में जिसे सुन के मैं सो जाता था
मेरे बच्चों ने वो क़िस्सा मुझे कहने न दिया

कुछ तबियत में थी आवारा-मिज़ाजी शामिल
कुछ बुज़ुर्गों ने भी घर में मुझे रहने न दिया

सर-बुलन्दी ने मेरी शहरे-शिकस्ता में कभी
किसी दीवार को सर पर मेरे ढहने न दिया

ये अलग बात कि मैं नूह नहीं था लेकिन
मैंने कश्ती को ग़लत सम्त में बहने न दिया

बाद मेरे वही सरदारे-क़बीला था मगर
बुज़दिली ने उसे इक बार भी सहने न दिया

मक़तले-बेअमान है मैं हूँ
सब्र का इम्तिहान है मैं हूँ

सब हैं महफूज सिर्फ़ ख़तरे में
मस्जिदें हैं, अज़ान है, मैं हूँ

शहरों-शहरों बस एक मंज़र है
मेरा जलता मकान है मैं हूँ

लूट ले, मार दे, सिपाहे-सितम!
ये मेरा ख़ानदान है, मैं हूँ

ताज सर पर न हाथ में शमशीर
तेरी ज़हनी थकान है मैं हूँ

जख़्म ही ज़ख़्म हूँ मगर 'अज़हर'
मेरा हिन्दोस्तान है, मैं हूँ

1 जुल्म ढाने वाली फ़ौज
2 तलवार

●

बड़े सिरफिरे से निभा कर चले
हम आँधी को बादे-सबा कर चले

नये लोग अट जायेंगे गर्द[1] में
अगर धूल हम भी उड़ा कर चले

अब आगे सवालात मत कीजिये
हमी ख़ुद को उनसे जुदा कर चले

बरहना मनाज़िर[2] की इस भीड़ में
नज़र कोई कब तक बचा कर चले

हवेली में ताज़ा हवा के लिये
दरीचे कई हम भी वा कर चले

उन आँखों के आँचल थे भीगे हुए
ग़ज़ल हम जो 'अज़हर' सुना कर चले

1 धूल
2 नग्न दृश्य

बिछड़ जाने का यूँ सदमा बहुत है
वो मेरी ही तरह तन्हा बहुत है

अभी नाआशना[1] है ज़िन्दगी से
अभी बच्चा मेरा हँसता बहुत है

वो इतना ख़ूबसूरत भी नहीं है
मगर अच्छा मुझे लगता बहुत है

मुझे, मुझसे ज़ियादा जानता है
कि फ़ुर्सत से भी हमसाया बहुत है

मुझे भी इन बदलते मौसमों ने
लिबास अपना सा पहनाया बहुत है

मेरी आवाज़ को महफ़ूज़ कर लो
कि मेरे बाद सन्नाटा बहुत है

समझ में तो नहीं आया वो 'अज़हर'
मगर मैंने उसे सोचा बहुत है

1 अन्जान

०

इम्तिहाँ बरसों जब आँखों का लिया जाता है
तब कोई ख़्वाब अता उनको किया जाता है

इन्तक़ाम[1] ऐसे भी शहरों में लिया जाता है
वो जो गुमनाम है मशहूर किया जाता है

अब तो शहरों में भी ज़िन्दा हैं कुछ ऐसे हम लोग
जंग में जैसे महाज़ों[2] पे जिया जाता है

बूढ़े सैय्याह[3] बता तूने तो देखी होगी
ऐसी बस्ती कि जहाँ प्यार किया जाता है

ख़ुदकुशी के लिये थोड़ा सा ये काफ़ी है मगर
ज़िन्दा रहने को बहुत ज़हर पिया जाता है

ये मुसाहिब हैं इन्हें इसका हुनर आता है
शह की बातों में रफ़ू कैसे किया जाता है

हाल में जब नहीं मिलती हैं पनाहें 'अज़हर'
फिर ये होता है कि माज़ी[4] में जिया जाता है

1 बदला
2 मोर्चों
3 नयी जगहों को खोज करने वाला जैसे वास्को डी गामा
4 गुज़रा हुआ ज़माना

तमाम घर की फ़ज़ा को बदलता रहता है
वो इक खिलौना जो आँगन में चलता रहता है

चराग़ हो तो जले जाओ ऐतमाद के साथ
यहाँ हवाओं का रुख़ तो बदलता रहता है

मैं जुगनुओं सा उजाले में अपने ज़िन्दा हूँ
बस इक चराग़ है मुझमें कि जलता रहता है

इस आदमी के कभी भीड़ साथ चलती थी
ये आदमी जो अकेला टहलता रहता है

यहाँ उरूज[1] कभी मुस्तक़िल नहीं मिलता
यहाँ तो चाँद भी, सूरज भी ढलता रहता है

अजीब चीज़ है ये नफ़रतों का पौधा भी
कोई भी रुत हो शगूफ़ा निकलता रहता है

ये ज़िन्दगी का सफ़र भी है इस तरह 'अज़हर'
कि जैसे नींद में इक शख़्स चलता रहता है

1 उन्नति

○

हम अपने एहद के पसमंज़रों में रक्खे हैं
मगर नशे वही अब तक सरों में रक्खे हैं

लहू जो बह गया वो भी सजा के रखना था
जो तेग़ो-तीर अजायब घरों में रक्खे हैं

हम इख़्तेलाफ़ में अपनी बक़ा समझते हैं
अजब दिमाग़ हमारे सरों में रक्खे हैं

हमें उड़ान में क्या हो रुतों का अन्देशा[1]
ज़माने भर के तो मौसम परों में रक्खे हैं

हम अब तो सिर्फ़ रिवायत[2] में अपनी ज़िन्दा हैं
हमारे मोजिज़े[3] सब मक़बरों में रक्खे हैं

हमें जुनून नहीं बाहरी उजालों का
हमारे चाँद हमारे घरों में रक्खे हैं

जो नाम ले के पुकारे कोई तो राज़ खुले
कि संग हम बने जादूगरों में रक्खे हैं

1 ख़तरा
2 परम्परा
3 चमत्कार

●

ख़ून बिखरा हुआ है मंज़र पर
किसने हमला किया था लश्कर पर

आफ़रीं यार तेरे पत्थर पर
किस क़दर बोझ था मेरे सर पर

वुसअतें ले के क्यों नहीं आते
लोग जाते तो हैं समन्दर पर

जो कहीं भी नज़र नहीं आता
वही छाया हुआ है मंज़र पर

चोट हमसे ज़ियादा लगती है
वो जो गिरते हैं संगे-मर मर पर

सिर्फ़ फ़न की नुमाइशें ही नहीं
फ़ुर्सतें भी हैं नक़्श पत्थर पर

है बड़े क़ातिलों की बात बड़ी
नाम लिक्खा हुआ है ख़ंजर पर

•

बुराई के जो मय[1] दर खोलती है
तो सर चढ़ कर ये सच क्यों बोलती है

कमाले-हुस्न की मन्ज़िल में आकर
कोई तस्वीर मुंह से बोलती है

अगर आता नहीं है पर कतरना
तो हर ख़्वाहिश परों को तोलती है

मियाँ ये ख़ौफ़ की जो इन्तेहा है
ये बेख़ौफ़ी के दर भी खोलती है

मज़ा ये है कि हिन्दी लिख रही है
मगर ये नस्ल उर्दू बोलती है

हमें सच लगने लगता है वो 'अज़हर'
ये दुनिया झूठ इतना बोलती है

1 शराब

o

जो लम्हा-लम्हा तजस्सुस[1] बढ़ाना चाहता है
ख़ुदा हमारी समझ में भी आना चाहता है

मेरी अना को ठिकाने लगाना चाहता है
दबाव डाल के अपना बनाना चाहता है

ये सरबलन्दी तो मुझको ख़ुदा ने बख़्शी है
ये कौन है जो मेरा सर झुकाना चाहता है?

ख़ुद अपने ज़ेहन से भी इन्तेहा पसन्द है वो
मुझे भी प्यार में पागल बनाना चाहता है

बिछाये जाल जो बैठे हैं ख़ूब जानते हैं
कि हर परिन्दा यहाँ आबो-दाना[2] चाहता है

बना रहा है वो तस्वीर तो मेरी लेकिन
ख़ुद अपने फ़न की नुमाइश कराना चाहता है

अख़ीर उम्र में दिखला के शोबदे[3] 'अज़हर'
अब अपनी क़ब्र पे मेला लगाना चाहता है

1 उत्सुकता
2 पानी और दाना
3 करतब

o

फ़न उड़ानों का जब ईजाद[1] किया था मैंने
कुछ परिन्दों को भी आज़ाद किया था मैंने

अब कोई शहर उजड़ता है तो ये लगता है
जैसे उस शहर को आबाद किया था मैंने

आप अय्याश नहीं आप बुरा मान गये
ज़िक्रे-सरमाया-ए-अजदाद[2] किया था मैंने

किस क़दर टूट के इक शख़्स को चाहा था कभी
किस क़दर वक़्त को बर्बाद किया था मैने

शोर इतना हुआ आँगन में कि फिर भूल गया
आज बरसों में उसे याद किया था मैंने

आज कल कुछ भी नहीं मान रहा है 'अज़हर'
अपने क़ाबू में जो हमज़ाद किया था मैंने

1 अविष्कार
2 पुरखों की जायदाद का ज़िक्र

o

अब ये मेयारे-शहर यारी है
कौन कितना बड़ा मदारी है

हमने रौशन चराग़ कर तो दिया
अब हवाओं की ज़िम्मेदारी है

इक मुसलसल सफ़र में रखता है
ये जो अन्दाज़े-ताज़ाकारी है

कौन रहता है अपनी हद में यहाँ
किसको एहसासे-इन्किसारी है

सिर्फ़ बाहर नहीं महाज़ खुला
मेरे अन्दर भी जंग जारी है

मिट रही है यहाँ ज़बानो-ग़ज़ल
और ग़ालिब का जश्न जारी है

1 शासन करने का स्तर

वो जिन्दगी के ज़ेरे-असर तैरता रहा
हालाँकि थक चुका था मगर तैरता रहा

वो तो उभर के आ न सकी सतहे-आब[1] पर
बच्ची के सिर का फूल मगर तैरता रहा

उसने ज़मीं पे बीज बुराई के बो दिये
ख़ूँ में शराफ़तों का असर तैरता रहा

दर पर रहा वो दरियादिलों के बहुत मगर
कश्कोल ही में दस्त-निगर तैरता रहा

तूफ़ाँ से पहले साफ़ नज़र आ रहे थे सब
फिर क्या पता कि कौन किधर तैरता रहा

रुख़्सत तो उसको कर दिया हंसते हुए मगर
आँखों में इक अजीब सा डर तैरता रहा

1 पानी की सतह

o

जिधर से ख़ुद गुज़रता जा रहा है
वो पुल मिसमार[1] करता जा रहा है

हुनर आता है उसको गुफ़्तगूका
ज़मीं हमवार करता जा रहा हूँ

मैं ख़ुद ख़ामोश होता जा रहा हूँ
मगर इक शोर उभरता जा रहा है

वहाँ अब रंग पर आई है निख़वत[2]
यहाँ नश्शा उतरता जा रहा है

अब इक तारीख़ है जो हमसफ़र है
अजायबघर गुज़रता जा रहा है

वो जलता घर है मुझसे दूर लेकिन
धुआँ आँखों में भरता जा रहा है

मैं इक तस्वीर बन कर रह गया हूँ
वो 'अज़हर' रंग भरता जा रहा है

1 गिरना
2 अभिमान

●

सफ़र में चाहे अपने घर में रहना
जहाँ रहना वहाँ मन्ज़र में रहना

बहुत आसान है अरमान करना
बड़ा दुश्वार है चादर में रहना

हवेली की रिवायत बन गया है
ये आसेबों का बामो-दर में रहना

तलाशे-रिज़्क़ में रुस्वा न होता
अगर आता मुझे पत्थर में रहना

जहाँ में सहल है बहरूप भरना
मगर मुश्किल है इक पैकर में रहना

ज़रूरत भी है मजबूरी भी उसकी
हर इक शब इक नये बिस्तर में रहना

अज़ीयतनाक[1] है मरने से 'अज़हर'
किसी हारे हुए लश्कर में रहना

1 दुखदायी

●

घर तो हमारा शोलों के नरग़े में आ गया
लेकिन तमाम शहर उजाले में आ गया

ये भी रहा है कूचा-ए-जानाँ[1] में अपना रंग
आहट हुई तो चाँद दरीचे[2] में आ गया

वो मुझसे तेज़ धूप में था हमसुख़न मगर
महसूस हो रहा था कि साये में आ गया

होंठों पे ग़ीबतों[3] की ख़राशें लिये हुए
ये कौन आईनों के क़बीलों में आ गया

आँधी भी बचपने की हदों से गुज़र गई
मुझको भी लुत्फ़ शमअ जलाने में आ गया

उसको भी दुश्मनी पे निदामत[4] बहुत थी आज
मैं भी कमाँ लिये हुए ख़ेमे में आ गया

कुछ देर तक तो उससे मेरी गुफ़्तगू रही
फिर ये हुआ कि वो मेरे लहजे में आ गया

1 महबूब की गली
2 खिड़की
3 पीठ पीछे बुराई करना
4 शर्मिन्दगी

अभी तलक कोई उनसे जुदा हुआ भी न था
मुसाहिबों का उन्हें तजरिबा हुआ भी न था

हर एक शै में सलीक़े का हुस्न था वरना
मकान उसका कुछ ऐसा सजा हुआ भी न था

ख़िलाफ़े-अक्स नहीं आँधियों का रद्दे -अमल[1]
कि इस क़बीले में झांका सबा हवा भी न था

अजब हुनर था कि पत्थर लगे मकीनों[2] के
किसी मकाँ का दरीचा खुला हुआ भी न था

बहुत अज़ीम था जो शख़्स मरने वालों में
उसी की क़ब्र पे कुतबा[3] लगा हुआ भी न था

बड़ा बना दिया मिल कर हवारियों[4] ने उसे
वो ज़हनी तौर पै 'अज़हर' बड़ा हुआ भी न था

1 प्रतिक्रिया
2 मकान में रहने वाले लोग
3 क़ब्र पर लगा हुआ पत्थर जिस पर मरने वाला का नाम आदि लिखा होता है
4 साथ रहने वाले लोग

•

उजाड़, टूटे कुशादा[1] घरों से जाने गये
हम अपने शहर के पस-मंज़रों[2] से जाने गये

हमारे यार तआरुफ़ कराने वाले कहाँ
हर इक उड़ान में हम तो परों से जाने गये

अजब अदा थी, अजब सरबलन्द लोग थे वो
कि मक़तलों[2] में भी अपने सरों से जाने गये

तमाम दिन तो शगुफ़्ता[3] किये रहे ख़ुद को
हमारे कर्ब[4] मगर बिस्तरों से जाने गये

मैं इक फ़क़ीर हूँ पहचान इक सदा है मेरी
वो बादशाह थे जो लश्करों से जाने गये

ख़मोश थे तो बड़ी आफ़ियत में थे 'अज़हर'
हुई जो बात तो हम तेवरों से जाने गये

1 बड़े या खुले हुए
2 क़त्ल करने की जगह
3 खिला हुआ
4 दुख (व्याकुलता)

दहशत पसन्दियों[1] को रिवायत[2] बना दिया
तुमने सुकूँ का दिल से तसव्वुर मिटा दिया

अपने घरों में मसलेहतन झूठ बोल कर
बच्चों को झूठ बोलना हमने सिखा दिया

ये है कमाले-फ़न कि बनाकर ये कायनात[3]
ख़ालिक़ ने अपने आप को उसमें छिपा दिया

सच बात जानने की है फ़ुर्सत यहाँ किसे
जिसने भी जो सुना उसे आगे बढ़ा दिया

अब लोग ख़ुद ही फ़ैसला कर लेंगे देख कर
हमने तो बस तमाशे से परदा उठा दिया

'अज़हर' उसे तो नाज़ बड़ा लौ के क़द पे था
जलता हुआ चराग़ ये किसने बुझा दिया

1 आतंकवाद
2 परम्परा
3 संसार

कभी क़रीब कभी दूर हो के रोते हैं
मुहब्बतों के भी मौसम अजीब होते है

ज़हानतों को कहाँ वक़्त ख़ूँ बहाने का
हमारे दौर में किरदार क़त्ल होते हैं

फ़ज़ा में हम ही बनाते हैं आग के मंज़र
समन्दरों में हमीं कश्तियाँ डुबोते हैं

पलट चलें कि ग़लत आ गये हमीं शायद
रईस लोगों से मिलने के वक़्त होते हैं

मैं उस दयार[1] में हूँ बेसुकून बरसों से
जहाँ सुकून से अजदाद[2] मेरे सोते हैं

जो आफ़ताब[3] अभी ढल गया वो क्या जाने
हमारे शाम से घर बेचिराग़ होते हैं

गुज़ार देते हैं उम्रें ख़ुलूस की ख़ातिर
पुराने लोग भी 'अज़हर' अजीब होते है

1 शहर, नगर
2 बुज़ुर्ग
3 सूरज

मुतफ़र्रिक़ अशआर

रास्तो ! क्या हुए वो लोग जो आते जाते
मेरे आदाब पे कहते थे के जीते रहिये

•

तंग होता है तो हो जाये मरासिम का हिसार
शाख़े-गुल हम भी नहीं हैं के लचकतें जायें

•

जब से उस दस्ते-हिनाई को छुआ है मैंने
हाथ जिस चीज़ पे रखता हूँ महक जाती है

•

पढ़े लिखों का सफ़र भी अजीब होता है
कि इक किताब पढ़े, दूसरा पढ़े चेहरा

•

आप जिस एहद के आग़ोश में बच्चे होंगे
इतने महंगे तो न मिट्टी के खिलौने होंगे

•

हम तो पैरों में समझते थे मगर
आपके ज़हन में काँटे निकले

•

ताज की शक्ल में तख़्लीक़ तो रह जाती है
और मिट जाता है फ़नकार, ये क़िस्सा क्या है

दस्तरस हो जो ख़न्दाकारी पर
मस्ख़रे भी अज़ीम होते हैं

•

मुझसे बच-बच के जो गिरते हैं तो आता है ख़याल
पत्थरों में भी गुदाज़े-दिले-इन्साँ तो नहीं

•

ज़हनों में आफ़ताब रवी हो तो सोचिये
तारीक रास्तों पे कहाँ तक मैं जाऊँगा

•

अब हर इक शख़्स की आँखें हैं धुवें की आदी
अब लगे आग तो आँखें कोई मलता कब है

•

पहले भी लोग मिलते थे लेकिन तअल्लुक़ात
अंगड़ाई की तरह तो कभी टूटते न थे

•

यूँ देख रहा हूँ उन्हें आईने में जैसे
ख़ुद ताजमहल शाहजहाँ देख रहा है

अदा तो देखिये अपनाइयत की
मेरे लेहजे में बोला जा रहा है

●

सारा ख़ुलूस रूह की गहराइयों में है
ये झूठ मेरे एहद की सच्चाइयों में है

●

कुछ तबीयत में था भी मेरी इन्किसार
कुछ किताबों ने भी सरनिगूँ कर दिया

●

बढ़ती रहे शोहरत भी मेरी उम्र भी लेकिन
मैं अपने बुज़ुर्गों से बड़ा हो नहीं सकता

●

किसी तरफ़ से सदा-ए-अना नहीं आती
फ़राज़े-दार से अब तक पुकारता है जुनूँ

●

कितने ज़हनों को नया मोड़ दिया
किस क़दर एक अना काम आई

कैसा ख़याल, किस का तसव्वुर, कहाँ का प्यार
ज़हनी वो उलझनें थीं के जागा तमाम रात

•

यादे-रंगीं का तो महका था तसव्वुर में गुलाब
दरो-दीवार से आने लगी ख़ुश्बू कैसे

•

इस तरह मुझसे तेरा मिलके बिछड़ना ऐ दोस्त!
हादसा था तो क़रीबे-रगे-जाँ क्यों न हुआ

•

अफ़्कार और रूह को देते भी क्या सज़ा
मेरे लिये तो जिस्म ही ख़ुद इक सलीब है

•

अब अपने सर का तहफ़्फ़ुज़ भी आप ख़ुद कीजे
फ़ज़ा में आपने पत्थर भी ख़ुद उछाला है

•

आंधियों का ये रद्दे-अमल है कि अब
फूल बादे-सबा से भी डरने लगे

इसीलिये मैं सपेरों की क़द्र करता हूँ
कि अपने फ़न में वो ज़ालिम कमाल रखते हैं

•

ख़ुद नुमाई के लिये बादे-सबा
निकहते-गुल को चुरा लाती है

•

दिन भर की रौशनी का महल टूटते हुए
सूरज को देखते रहे सब डूबते हुए

•

देखने का जब इन आँखों को हुनर आ जायेगा
वो जो पस मंज़र में है, वो भी नज़र आ जायेगा

•

वादी-ए-इश्क़ में पहचान अकेला हो जाऊँ
ऐसे मर जाऊँ किसी पर कि मैं ज़िन्दा हो जाऊँ

•

सब नशे ये अना के उतर जायेंगे
तुम भी मर जाओगे, हम भी मर जायेंगे

ये रात अपने जराइम के वास्ते कम है
अब आफ़ताब को दिन में ग़ुरूब करना है

सुलझायें न ख़ुद लोग तो ये बात अलग है
हर मसअला उलझा हुआ रेशम तो नहीं है

आँखों को अपनी मूंद के बैठा रहे कोई
सूरज की रौशनी में तो होगी नहीं कमी

हमको चाहत का नहीं वक़्त, मगर लोगो को
नफ़रतों के लिये मिल जाती है फ़ुरसत कैसे?

उसकी नज़र में फिर अलममिया कोई नहीं
इँसाँ को जिसने देख लिया टूटते हुए

तमाम शहर को हैरत है कैसे डूब गया
वो आदमी जो गया भी नहीं था दरिया तक

सवाल इस दौर के मैं पूछता था
मगर वो था गुलिस्ताँ, बोस्ताँ तक

•

अरे राई को परबत करने वालो !
बुरा है वो मगर इतना नहीं है

•

बड़े सुकून से मरते हैं जंग में 'अज़हर'
हम अपनी नस्ल को विरसे में दुश्मनी देकर

•

अब हर इक शख़्स की आँखें हैं धुएँ की आदी
अब लगे आग तो आँखें कोई मलता कब है

•

फूल का क़त्ल तो हो सकता है
मिट नहीं सकती है निकहत उसकी

•

उठ्ठा भी हूँ इसी से इसी ख़ाक में मिलूँ
'अज़हर' कफ़न भी, क़ब्र भी हिन्दोस्ताँ की हो

www.ingramcontent.com/pod-product-compliance
Ingram Content Group UK Ltd.
Pitfield, Milton Keynes, MK11 3LW, UK
UKHW042015190726
13854UKWH00005B/2294

9 789386 619457